D0760350

ZETA

36 *toneladas*
Primera edición, enero de 2011

D.R. © 2011, Iris García Cuevas
D.R. © 2011, Ediciones B México, S.A. de C.V.
        Bradley 52, col. Anzures, DF-11590, México
        www.edicionesb.com.mx

ISBN: 978-607-480-130-9

36 toneladas

Iris García Cuevas

ZETA

México • Barcelona • Bogotá • Buenos Aires • Caracas
Madrid • Montevideo • Quito • Santiago de Chile

HACE MÁS DE DOS MESES te quedaste dormido. Al despertar no recordabas nada. El hombre de las gafas oscuras lo dijo: *Te llamas Roberto. Te apellidas Santos. Fuiste judicial. Estás detenido porque mataste a un hombre.*

Tenías miedo de volver a dormir. Estuviste en vigilia la primera semana. El hombre de las gafas oscuras te pasaba cigarros encendidos. Tú los apagabas en el dorso de tu mano. Ahuyentabas el sueño. Querías salvar lo poco que sabías de ti mismo. Pero una enfermera se dio cuenta. Empezaron a inyectarte sedantes por las noches. Al principio opusiste resistencia. Llamaron a dos guardias para sujetarte. El hombre de las gafas oscuras presenciaba tu lucha desde la ventanilla de la puerta. Sonreía.

La segunda semana te tuvieron drogado. La imagen es difusa pero persistente. Recuerdas al hombre de las gafas oscuras de pie frente a tu cama. Recuerdas sus palabras: *Saliendo de aquí van a matarte.* Ahora lo sabes: los recuerdos nuevos no se borran fácilmente.

El ruido de la puerta interrumpe tus cavilaciones. El intendente entra al cuarto con la cabeza baja. Te da los buenos días. Sacude los muebles con pereza. Se inquieta cuando siente que lo miras. Se esmera entonces. Entra al baño. Lo observas desde el quicio de la puerta. Te fijas en su baja estatura. Más disminuida por el peso del fastidio colgado de sus hombros. A pesar de la facha calculas que no tiene más de treinta.

—¿Llevas mucho tiempo en esto?

El temblor en la voz disipa tu intento de parecer casual.

—Más o menos.

El intendente abandona su afán por sacar brillo a los azulejos del piso. Retira el cubrebocas que ocultaba sus rasgos aniñados. Sus ojos inquieren la intención de la plática.

—Debe ser pesado.

Calculas la fuerza de sus brazos. Es delgado, sin embargo sí sería capaz de derribarte.

—No mucho, es más bien aburrido.

Su tono suena un poco a confidencia.

—¿Por qué no te dedicas a otra cosa?

Sabes qué hacer pero no te decides. El intendente se levanta. Hasta ahora te das cuenta del pronunciado movimiento de cadera que preside sus pasos, de la afectación casi femenina de su voz, del trazo azul que delinea sus ojos.

—Apenas tengo primaria. No me dan trabajo en otro lado.

Está parado frente a ti. Éste sería el momento, pero dudas.

—¿Tienes familia?

El intendente muerde el lado izquierdo de su labio inferior. Desliza su mirada por tu bata de enfermo. Te sientes indefenso.

—Como si no tuviera. Hace mucho no sé nada de ellos —se acerca con cautela, observando tus gestos.

Te sudan las manos. Lo sabes cuando cierras el puño y derribas al hombre con un golpe en la cara. Demasiado ruido: no tuvo tiempo de gritar, pero su cabeza golpeó contra el retrete. Lo tomas del cabello y estrellas su cráneo contra el piso. Demasiado ruido. Lo desvistes con prisa. La camisa está manchada de sangre. La enjuagas lo mejor posible en el lavabo. El jabón se resbala de tus manos y va a dar a sus pies.

¡No grites! ¡No te pongas nervioso! ¿Qué tiene de difícil meterse en un uniforme de intendencia? Los pantalones te quedan algo cortos. Si bajas el resorte y te dejas la camisa por fuera no se nota. Te aprietan los zapatos. Mejor te quedas con las pantuflas puestas por si debes correr. Respira.

Tus manos tiemblan. Lo sabes cuando tomas la cubeta y los frascos de jabón tintinean. Calma. La enfermera no regresa hasta las cuatro y el médico no viene hasta la media noche. Nadie va a descubrir al muerto que has dejado desnudo bajo la regadera. El hombre de las gafas oscuras ignora lo que has hecho. Tómate tu tiempo. Haz las cosas con calma. Si quieres escapar debes estar tranquilo. Puedes darte un momento. Apaciguar tus nervios.

Te miras al espejo: las marcas violáceas alrededor de tus ojos atestiguan tu insomnio. Tocas tu rostro. Quieres asegurarte que es el tuyo: boca grande y mejillas hundidas, tez morena y cabello rizado. ¿Cuántas veces has intentado gestos, sonrisas, para ver si tu cara puede decirte algo de ti mismo? Te duele: el rostro, la cabeza, la mano con la que diste el golpe, algo adentro del pecho: un hueco que se expande.

Roberto Santos. Comandante de la policía judicial del estado de Guerrero, repites en voz alta, para ver si ese nombre disipa el olvido que le encajó los dientes a tu seso. No te es más conocido que el *Ignacio Soto. Intendente,* escrito en el gafete que acabas de ponerte. *Qué pendejada es ésta de perder la memoria.*

Sabes de ti sólo lo que el hombre de las gafas oscuras ha querido decirte: *Ahora sí la cagaste, pinche Santos, ya te habías largado con la lana, ¿por qué tenías que regresarte a matar al pendejo de Gálvez?* No sabes qué dinero, no recuerdas el rostro del hombre que, dice, mataste. *El rostro. Si no tuviera el mío frente al espejo tampoco sería capaz de recordarlo.*

No te hagas güey. Te clavaste la lana de la venta de un decomiso grande de cocaína. Lo que le tocaba al procurador Mendiola y al mayor Domínguez. Ya casi te habías ido a la chingada sin que nadie te pusiera una mano encima, pero te regresaste. Gálvez traía pistola. Tuviste suerte de que fuera mal tirador. Te hirió, por eso te agarraron. El mayor tenía ganas de dejarte morir. Mendiola lo convenció de mantenerte vivo para que les regreses el dinero. Ellos no son gente que deje así las cosas. Te van a matar, pinche Roberto.

Quieres llorar. Lo sabes por el brillo acumulado en tus pupilas. Enjuagas tu cara para lavar la angustia. Alisas tu cabello con el exceso de agua que ha quedado en tus manos. Haz las cosas con calma. El hombre de las gafas oscuras es el único brazo visible del monstruo que te acecha. Un brazo que no duerme, no come, no caga. Sólo fuma Marlboros y lee la policíaca de todos los periódicos apoltronado en el sillón frente a tu puerta y de vez en cuando delante de ti para recordarte los viejos tiempos. Siempre que te acercas al cristal te saluda llevándose a la frente los dedos de la diestra y te muestra sonriente la pistola encajada en la funda sobaquera debajo de su saco.

Ese brazo te iba a llevar mañana. Él mismo te lo dijo: *Te va a cargar la chingada, pinche Santos. Te van a dar hasta por debajo de la lengua para que digas dónde quedó el dinero. Ahora no puedes escaparte, las gotas que te ponen en el suero y las pastillas que te dan por la noche te tienen lo bastante apendejado. Si no, sería bien fácil: hay tanta gente en este mugrero de hospital que nadie se da cuenta de quién llega o quién pasa. Bastaría con quitarle la ropa al intendente y salir disfrazado.*

No lo sabe: anoche cerraste el cuentagotas. Tampoco tomaste las pastillas. Tienes uniforme de intendente. Cuando el pulpo es-

tire su tentáculo tendrá que regresarlo y me-
térselo en el culo.

Abre la puerta. Respira. Controla unos
instantes el temblor de tus manos. El hombre
no te reconoce detrás del cubrebocas, debajo
de la gorra de intendencia. Apenas y te ve.

Busca el elevador. Hace tres semanas te
bajaron por él de terapia intensiva. ¿Dónde
está? Tu recuerdo es más bien un desplome
haciendo paradas discontinuas en el bajo
vientre: unas manos frías sujetaron tus hombros, un rostro y una voz distorsionados te
pidieron mantener la calma, una convulsión
te hizo arquear el cuerpo y recubrió tu boca
con un sabor a estiércol.

—¿Adónde vas?

El miedo se te escurre por la espalda y
te aprieta los huevos. ¿Qué tan rápido puede
ser un disparo? Tocas la cicatriz de tu costado izquierdo. Sabes que es el producto de
un balazo. Tu mente no te presta una imagen
de los hechos. Ni siquiera puedes evocar el
dolor de la herida. La distancia entre la deto-
nación y el calor de la sangre brotando por el
surco abierto. ¿Qué hacer? Podrías tirarte al
piso. O correr y cubrirte la espalda con una
de las viejas que pululan en la sala de espera
antes de que el hombre de las gafas oscuras ja-
le del gatillo. Podrías hacer muchas cosas si

el fundillo no se te hubiera encogido y no estuviesen trabadas tus rodillas. Sientes cómo se acerca.

—¿Vas al pabellón de ancianos?

El hombre de las gafas oscuras no se ha movido de su sitio. Otro intendente avanza hacia ti. No espera tu respuesta. Continúa su camino. Tú lo sigues. El elevador está detrás de las escaleras de emergencia. El intendente oprime el botón. Los números se encienden en orden descendente hasta llegar al cuatro. La puerta se abre.

—Pensé que yo era el último. Me tardé mucho en terminar esta área. Los ricos son todos unos cerdos. Eres nuevo, ¿verdad?

¿Por eso estuviste a punto de cagarte? ¿Por un pinche intendente retrasado? Respondes monosílabos. Las puertas del ascensor se cierran y el hombre de las gafas oscuras se queda vigilando a un muerto recién hecho.

—¿Una fuga?

—¿Cómo?

—Que si arreglaste una fuga; vienes todo empapado…

El espejo del elevador te permite verte por primera vez de cuerpo entero. Ahora sientes la humedad y el frío.

—Sí, una fuga —te quitas el cubrebocas y ves que en tu reflejo se asoma una sonrisa.

La puerta del ascensor se abre en la planta baja para demostrarte: el cuarto de hospital era tu único mundo conocido. *Qué pendejada es ésta de perder la memoria,* te repites. La reflexión te amarga el paladar. *Alguien quiere matarme.* Ese recuerdo basta para atizar el deseo de huir. Pero no puedes salir del hospital ahora. Tienen vigilada toda el área. El hombre de las gafas oscuras te lo dijo. Debes esperar hasta la noche.

Sigues al intendente por salas y pasillos. Atraviesan un jardín y llegan a un edificio más pequeño. Él se despide para hacer su ruta. Tú le dices adiós sin saber a dónde ir. Tu única certeza es que el miedo se anida en las incertidumbres.

II

CUANDO UN HOMBRE de setenta y cinco años, profesor de literatura retirado, como yo, es hospitalizado por problemas renales, lo que menos espera es encontrar en la sala geriátrica, conectado a un riñón artificial, una aventura. Durante tres días me vi envuelto en un auténtico caso criminal al lado de un investigador privado. Circunstancia infinitamente más emocionante que cualquiera de las relatadas a mis alumnos para interesarlos por los libros.

El suceso inició con la llegada del investigador, disfrazado de intendente, a mi cuarto de hospital. Pasaba del mediodía. Entró precipitadamente para ocultarse de una enfermera. Su actitud me recordó a la de los detectives chinos de las películas de mi juventud. Me hizo gracia al principio, pero casi al instante me percaté de un hecho: traía puestas las pantuflas que el hospital obsequia a todos los internos. *Tal vez sea un paciente escapado del pabellón siquiátrico,* pensé.

Tocaron a la puerta:

—¿Se puede pasar, don Carlos? —preguntó la enfermera con su voz aguda desde el exterior.

El detective se puso pálido. No se había dado cuenta de mi presencia en aquella habitación.

—Un momento —dije en voz alta, mientras le señalaba al detective la puerta del armario.

Se quedó inmóvil. Tuve que agregar en voz baja:

—Puede esconderse allí. No haga ruido. Yo le aviso cuando pueda salir —después hice pasar a la enfermera.

—Me parece haber visto a una persona entrar a este cuarto hace unos instantes, don Carlos —me dijo en tono de familiar reconvención.

—¿Aquí? De ninguna manera —respondí y coloqué sobre la mesa mi desgastado ejemplar de *El sabueso de los Baskerville.*

Me puse en guardia. No iba a permitirle descubrir a mi inesperado visitante. La miré a los ojos, tal como debe verse cuando se está dispuesto a sostener una mentira.

—Estoy segura. Debe guardar reposo. Está bien que camine pero no se exceda. Venía casi corriendo y no puede agitarse. Ya se lo advirtió el médico.

—Me ha descubierto usted —contesté aliviado.

—Sólo espero que no se vuelva a repetir —dijo, acomodándose las gafas.

Quise señalarle que necesitaba una nueva graduación: era poco probable que alguien con los anteojos adecuados me hubiera confundido de ese modo. Sin embargo, no hablé. Mi explicación del método deductivo debió ser guardada para mejor momento, pues mostrar mis dotes en el arte de la observación y exponer las pruebas habría equivalido a delatar a mi huésped.

Concluido el tema, la enfermera inició los preparativos para conectarme a la máquina de hemodiálisis. La misma rutina de revisar el catéter y hablarme de cualquier cosa para distraerme. La misma rutina de cada tercer día desde hacía cinco meses.

Esta vez me contó que a mediodía había muerto un paciente, en el cuarto piso del edificio principal, de forma poco clara. Sabía de mi fascinación por los casos insólitos y se afanó en darme todos los detalles: el cuerpo desnudo bajo la regadera, la sangre en el borde de la taza y el jabón a los pies del cadáver.

—*Un crimen extraño*, ¿no le parece? —me dijo, acentuando excesivamente las palabras, para hacerme notar que tenía presente el libro que yo le había prestado la semana anterior.

—Es obvio que ha sido un accidente. El pobre hombre ha resbalado con el jabón al terminar de bañarse —declaré, y di por cerrado el caso.

A la exaltación de mi intelecto siguió la narración de sus problemas domésticos. Por fin, después de las tres horas del tratamiento, la enfermera salió del cuarto. Intenté incorporarme varias veces. No pude sostenerme. Me sentía agotado. Generalmente me duermo antes de terminar con el proceso y no despierto sino hasta el día siguiente, pero en esta ocasión tenía especial interés en permanecer en vigilia.

Cuando por fin pude levantarme ya casi anochecía. Abrí la puerta del armario. El detective se había quedado dormido. Le puse una mano en el hombro para despertarlo. Dio un grito. Me pregunté si habría sido un error el ocultarlo. Quizá, después de todo, se trataba de un loco peligroso.

—Cálmese —le dije—, nadie va a hacerle daño.

Noté que el desvelo hacía estragos en su rostro marcándole unas ojeras muy oscuras. Se veía pálido. Su mano derecha temblaba frenéticamente y en la izquierda tenía señales de quemaduras recientes. La prudencia me aconsejaba llamar inmediatamente a la enfermera, pero verlo acurrucado en el interior del armario me recordó a mi hijo mayor: cuando tenía una pesadilla se encerraba a llorar en el ropero, hasta que yo o mi esposa íbamos a ahuyentar a los monstruos que se escondían bajo su cama. Decidí ayudarlo, aunque sólo fuera para regresar a su cuarto en el ala siquiátrica.

—¿Qué necesita? —le pregunté, tratando de ganarme su confianza.

—Me tengo que ir.

Se levantó. No pudo dar dos pasos sin trastabillar. Por eso le ofrecí recostarse en la cama desocupada de mi habitación. Mis hijos pagaban un cuarto para mí solo, pero en el hospital jamás se ocuparon de sacar la cama sobrante. Lo ayudé a llegar allí, aunque más bien era yo quien necesitaba ayuda. Para distraer le relaté el caso del cuarto piso y mi deducción rápida de las circunstancias que provocaron el deceso.

—Lo asesinaron. Al intendente —me dijo, o por lo menos eso alcancé a entender de la serie de frases inconexas proferidas mientras trataba de ponerse nuevamente de pie.

—No. Un paciente. Resbaló.

Él insistía en el asesinato, en el intendente. La idea de que deliraba revoloteaba en mi cabeza, pero preferí pasarlo por alto. Después de todo, nada perdía con seguirle el juego. El hombre no tenía fuerzas para hacerme daño y si se violentaba podía tocar el timbre para hacer venir a la enfermera. Además, confieso, la idea de estar ante un peligro me procuraba un placer nuevo, un golpe de adrenalina que jamás había sentido.

En tono paternal lo invité a descansar. Él quería irse. Hablaba de un hombre con gafas oscuras y de la búsqueda del asesino. Entonces lo supe: se trataba del investigador encargado de resolver el caso. Su estado de conducta alterada debía de ser producto de una droga. Después de todo, el mismo Sherlock Holmes se inyectaba cocaína o morfina para librarse de la aburrida monotonía de la existencia.

—Por el momento no puede salir —le informé—, a esta hora hay mucho movimiento por el cambio de turno —y luego de pensarlo unos instantes añadí—, si quiere, puedo ayudarlo a resolver este misterio.

Me miró con desconfianza, en ese momento no supe si atribuirlo al desconcierto de haber sido reconocido tan pronto, o a que medía mis fuerzas en relación con la peligrosidad de la investigación.

—Conozco bien el hospital y a casi todo el personal, llevo cinco meses internado —insistí—. Aunque no lo parezca puedo ser de gran ayuda.

—El asesino fue el paciente que estaba internado en ese cuarto. ¿Cree poder conseguir toda la información posible del interno para saber cómo encontrarlo? —me dijo con incredulidad.

—Por supuesto —respondí entusiasmado—, mañana mismo sabrá todo lo que necesita.

—Eso está muy bien —sonrió—, pero ahora debo esconderme.

—Puede quedarse aquí. Nadie vendrá hasta mañana. Además puede entrar al armario cuando venga el doctor o la enfermera.

—Eso está muy bien —repitió y lo siguió repitiendo, hasta quedarse dormido.

❖ ❖

El cansancio que provoca la diálisis me ayudó a conciliar el sueño. De otro modo es seguro que no habría logrado mantener los ojos cerrados. Aun así, desperté primero. Permanecí largo rato frente a la cama del detective, esperando para dar inicio a la pesquisa. A cada instante mi ansiedad aumentaba. Él parecía inconsciente. ¿Y si las drogas ingeridas el día anterior le hicieron daño? Decidí despertarlo sacudiéndolo un poco. Además, se acercaba la hora del chequeo matutino y él debía esconderse. Cuando abrió los ojos se veía algo sorprendido de mi presencia, pero mucho más lúcido que el día anterior. Definitivamente no me equivoqué al suponerlo bajo el efecto de un narcótico.

Antes de recibir instrucciones tocaron a la puerta. Esta vez no tuve que decir nada para que el detective se ocultara en el armario. La enfermera entró y me hizo el chequeo de rutina. Decidí ensayar para los interrogatorios que aplicaría posteriormente al personal de las áreas de terapia intensiva y recuperación del hospital.

—¿Alguna novedad en el edificio principal? —le pregunté.

—Nada en particular, don Carlos.

—¿Ningún muerto interesante? —insistí.

—No tiene por qué pensar en la muerte, don Carlos.

No obtuve ninguna información relevante pero al menos se me hizo más llevadero el tiempo que duró el reconocimiento.

La enfermera se fue. Recomendé al detective permanecer en el armario por si alguien llegaba. Salí a los pasillos del ala geriátrica, caminando lentamente, como quien da un paseo. Después al jardín, fingiendo tomar un poco de sol, y luego me encaminé al edificio principal esperando encontrar allí la información requerida por mi huésped.

❖ ❖ ❖

Aquí pasa algo muy raro, le dije al detective después de un día de investigaciones infructuosas, sólo interrumpidas por los escasos minutos en que regresaba al cuarto para mis chequeos.

—¿Sí? —la ansiedad intensificaba lo demacrado de su aspecto.

—Usted me aseguró que en el cuarto piso se había cometido un crimen y, por más que he preguntado, nadie sabe nada.

—Quizá quieren ocultarlo.

—Ésa es una teoría —dije yo, sin atreverme a expresar en voz alta la otra posibilidad: que mi detective fuera más bien un paciente escapado del pabellón psiquiátrico.

—¿Cuál es la otra?

—Que no le hayan informado bien —argüí.

—No, yo lo sé: ayer, en el 401, a las doce del día, mataron a un hombre. El asesino fue el paciente internado en ese cuarto. Yo debo averiguarlo todo sobre él para saber quién es, ¿comprende?

Le temblaban las manos y la voz. Lo inferí entonces: el caso era muy cercano a su persona. Hacía mal en dudar de la autenticidad de la investigación. Estuve a punto de recomendarle ver las cosas con frialdad, tal como Sherlock Holmes, porque dejar a las emociones interponerse hace perder la objetividad a la hora de valorar los datos. Me contuve. Yo no era detective, sólo un profesor de literatura retirado, conectado a un riñón artificial, dispuesto a matar el tiempo releyendo a Conan Doyle todas las tardes.

—Le diré lo que pude indagar y usted sacará sus conclusiones: hasta ayer, en el 401, estaba internado un hombre, un judicial, ex comandante de la Judicial mejor dicho, detenido por narcomenudeo. Lo trasladaban de la penitenciaría cuando intentó escapar, le dispararon y lo hirieron. Lo trajeron aquí para cirugía, porque este hospital les quedaba de paso. A la mitad de la operación le dio un paro cardiorrespiratorio. Estuvo en coma dos meses. Cuando despertó había perdido la memoria. Al parecer por una sobredosis de anestesia mientras trataban de controlar el paro. Esto según pude averiguar con las enfermeras. Lo pasaron al cuarto piso donde estuvo dos semanas con la debida vigilancia. Ayer lo encontraron desnucado en el baño. El doctor dijo que resbaló al bañarse. Nadie reclamó el cuerpo, así que uno de sus ex compañeros decidió cremarlo esta mañana. Nadie sabe más.

—Mire, don Carlos —dijo el detective recobrando la serenidad—, el cuerpo no era del judicial, era del hombre de la limpieza. Por alguna razón la policía no quiere informar que el prisionero escapó. Por eso hicieron pasar el cadáver como el del asesino. El médico que lo atendía podría atestiguar que no se trataba de la misma persona.

—¡Él declaró la muerte del paciente!

—¿Habló usted con él?

—Eso es imposible —me justifiqué—. Lo mataron anoche. Supuestamente para robarle el automóvil. Extraño, porque según cuentan quienes lo conocieron, siempre llevaba una pistola debajo del asiento, él mismo lo decía, precisamente por si alguien se lo quería robar. Esto nos muestra algo: quien se acercó a él era alguien conocido. Además, el coche fue recuperado esta mañana. Lo dejaron abandonado. Por lo tanto ése no fue el móvil del asesinato.

Me sentí orgulloso de mí mismo por tener toda esa información a mano. Aunque no fue difícil conseguirla, en el hospital no se hablaba de otra cosa. Quizá por eso a nadie le importaba la muerte del paciente del 401.

—El asunto es más grave de lo que pensábamos —señaló el detective.

Permaneció en silencio, por eso me atreví a sugerirle algo que se me ocurrió mientras la enfermera registraba todos los detalles de mi tratamiento en un formato: encontraría los datos que buscaba en el expediente del interno.

—¿El expediente?

Debo confesarlo: me sentí decepcionado. La idea debió provenir de él y no de mí. Pero, después de todo, ni el mismo investigador de la Baker Street era infalible.

—Si usted logra obtener el expediente de la persona internada hasta ayer en el 401 tendremos al autor del crimen del intendente y una pista para resolver este misterio —le dije, esperando inútilmente una respuesta. Opté por ofrecerme a conseguirlo.

Salí de la habitación sintiéndome un poco como en *El misterio del Valle de Boscombe.* Me tocaba a mí encontrar una pista oculta para los demás. Estaba nervioso. Conforme me aproximaba al archivo aumentaba el temor de hacer las cosas mal. Sin embargo, nadie interfirió en mi trayecto. Seguramente por la costumbre de los empleados de ver a los ancianos con demencia senil deambular por todas las alas del hospital.

No había nadie en el área. La puerta estaba abierta. Pude entrar sin obstáculos, buscar en la *S* el expediente del interno del 401 y esconderlo debajo de mi bata. *Misión cumplida,* pensé. Me sentí reconfortado. Me invadió una sensación de triunfo. Regresó a mí el sentimiento de seguridad perdido desde hacía varios años, cuando la vejez empezó a hacerme inútil y estorboso para mis hijos.

Estaba a un paso de salir del lugar cuando una enfermera me interceptó en la puerta. Me sentí cual pupilo sorprendido a la hora de sacar un acordeón en el examen. *Pedirá que le muestre lo que tengo escondido debajo de la bata,* pensé. No lo hizo, sólo me tomó de la mano y con palabras cariñosas me llevó al comedor. Creyó que me había extraviado.

Aproveché para robar un poco de fruta y gelatina. Habría preferido encontrar panecillos. En las novelas siempre se lleva panecillos a las personas escondidas, pero éstos no son parte de la dieta habitual de un hospital. No era momento para ponerse quisquilloso. El detective no había comido nada en todo el día, y a decir verdad yo tampoco. Antes de regresar devoré al instante un consomé de pollo que había sobre la barra.

❖ ❖ ❖ ❖

Roberto Santos..., alcancé a leer. El detective me arrebató el fólder y lo abrió con evidente desesperación. Acto seguido, soltó una estruendosa carcajada mostrándome una copia de la credencial de elector del presunto homicida. Nada había de extraordinario en la cara regordeta y la nariz aguileña del comandante Santos. Volví a dudar seriamente de la salud mental de mi visita. Sin embargo, esta nueva duda quedó disipada cuando me explicó el misterio.

—El paciente del 401 y el comandante Santos no son la misma persona —dijo con entusiasmo—. Estaban usando al paciente para cubrir la huida del judicial. Había perdido la memoria. Aprovecharon eso para hacerle creer que él era Santos. Por eso ocultaron el asesinato del intendente. Era mejor para ellos tener un cadáver que un prisionero. Mataron al médico porque era el único enterado del asunto.

—¿Y el paciente? —pregunté—, ¿cómo podrá saber quién es el paciente? Después de todo él es el verdadero asesino, ¿no es así?

La sonrisa se borró de su rostro, cerró el expediente de Roberto Santos y dijo:

—Esa respuesta debo buscarla en otro lado.

❖ ❖ ❖ ❖ ❖

Pasó el día siguiente conmigo en el hospital. Escuchó atentamente todas mis historias sin acceder a contarme ninguna. Alegó que no las recordaba. Al caer la noche salió vestido con un traje mío. Yo lo guardaba para los días de fiesta y lo tenía listo para el momento en que mis hijos fueran por mí para llevarme a casa. Le quedaba un poco grande, pero bastó con hacer un agujero extra al cinturón. Afortunadamente los zapatos eran de su número. Salió con una de mis boinas puesta, para evitar en lo posible ser reconocido. Antes de que se fuera, le hice prometer que escribiría, para contarme todo lo ocurrido, en cuanto hubiera terminado de resolver el caso.

III

S ALES A LA CALLE. La inmensidad de la urbe te da vértigo. En el vacío de tu memoria persisten las palabras. Aparecen dispuestas a nombrar cada estremecimiento, conmoción, sobresalto, que emana de tu cuerpo. Recuerdas: *desamparo.*

Das la vuelta a una esquina. Te encuentras con el hijo de una vendedora ambulante de nueces y granadas. Un niño de unos cinco años, escasamente protegido del frío. Él hace transitar su zapato-coche por los bordes de los adoquines que cubren la banqueta. Duda un poco antes de seguir avanzando cada vez que se encuentra con una bifurcación. Se topa luego con un cuadro de asfalto y se rasca la cabeza preguntándose adónde fue el camino. Tiene que poner reversa para seguir el juego.

Tú eres como un niño, de apenas tres semanas y media de recuerdos. El camino delante de ti se complica más allá de lo que cualquier niño de tres semanas y media es capaz de entender. No tienes adónde regresar. Tu única guía son las líneas trazadas por el viejo Galarce en una servilleta sucia para indicarte cómo llegar a la estación San Joaquín. Tienes también un boleto para el metro y un rollo de billetes que a él *no le hacen falta;* un par de zapatos anticuados, *pero siempre mejor que las pantuflas;* una boina de *viejo guerrillero;* y un traje de maestro de literatura retirado, *disfraz más efectivo que un uniforme de intendencia.* Su herencia para un buen detective.

Ya estás en la estación. ¡No dejes que la angustia te detenga! ¡Entra! La barbilla pegada al pecho. Las manos metidas en las bolsas como si en vez de miedo fuera frío. ¡Mira bien alrededor! ¿El hombre de las gafas oscuras no te sigue? ¡No te detengas! ¿Será posible que te hayan olvidado? ¿Te dejarán en paz porque les ahorraste el trabajo de fabricar un muerto?

Creíste que en el expediente ibas a encontrar algún indicio para saber quién eras, pero el rostro redondo de nariz aguileña del comandante Santos en nada se parece a la imagen que ves en los espejos. No eres Roberto Santos, sin embargo, hay algo familiar. ¿De dónde lo conoces? ¿Qué carajos tiene, un ex judicial en fuga, que ver con todo esto? ¿Qué carajos tienes tú que ver con todo esto?

Mira a las personas que van en el vagón. ¡No tengas miedo! No hay ninguna señal del centinela. Pero, ¿y si ahora es otro quien te acecha? ¿Cómo saber si ellos no enviaron a alguien más a perseguirte? Quizás en este instante, parado frente a ti, alguien apunta su pistola a tu costado izquierdo sin que tú te des cuenta. No corras. Rodeado de gente no van a hacerte daño. Pero, ¿cómo saberlo?

Dentro del hospital la vida era más fácil. Bastaba con mirar el gafete de la persona que tenías frente a ti para saber quién era y qué papel jugaba. Quizás el hombre de las gafas oscuras también tiene un gafete. Quizá todos deben mirar por las mañanas su nombre impreso en la placa de plástico prendida a la camisa para recordarlo. Quizá tú eres el único pendejo que perdió su gafete y por eso no puedes saber cómo te llamas.

El vagón se detiene. Las indicaciones de Galarce te marcan un cambio de línea. Azul con dirección Taxqueña. Es el último tramo. ¿Por qué dudas? Es verdad, podría ser que sólo te hayan utilizado para cubrir la espalda del ex judicial y ahora se hayan olvidado de ti porque saben que perdiste la memoria y, además, les dejaste un muerto para incinerarlo en tu lugar. Sin embargo, el hombre de las gafas oscuras te dijo muchas cosas. Quizá fueron mentiras para confundirte. Quizá lo único que consigas moviéndole al asunto es que te maten.

Tienes miedo. Hasta ahora es lo único que tienes. El miedo y la dirección de Santos en Acapulco. ¿De dónde más puedes agarrarte, pinche desmemoriado? No tienes otra alternativa. Vas a seguir el hilo de la historia de Santos para ver si en la madeja encuentras una punta que te lleve a la tuya.

El metro se detiene en la estación marcada. Hasta aquí llegan las indicaciones de Galarce. Un tipo con maleta va delante de ti. Él puede ser tu guía. ¡Pégate a su sombra! Sube las escaleras sin que te deje atrás, pero sin prisa. Sortea a los vendedores ambulantes que te ofrecen paraguas y lentes para el sol; periódicos, cigarros y alegrías. Baja las escaleras. El tipo se pierde entre puestos de fritangas y refrescos. Pregunta:

—¿La estación de autobuses?

—Allí frente de usted —el sujeto parado frente al puesto de tacos parece burlarse. No podrías sentirte más idiota.

Tras la primera puerta el mostrador de Autobuses Futura te recibe. ¿Ésta es la línea que te indicó Galarce?

—¿El próximo autobús a Acapulco?

—Dentro de diez minutos —contesta la mujer, detrás del mostrador, sin apartar los ojos de la computadora—. ¿Cuántos?

—Uno.

—¿A qué nombre?

—Carlos Soto Galarce —dices en homenaje a quienes contribuyeron en tu huida.

—Está a punto de salir.

¡Date prisa! Te basta con subir al autobús para estar más tranquilo, como si todos los demonios que te siguen se quedaran recluidos en esta ciudad. El autobús arranca. ¿Piensas que estás a salvo?

Miras a través de la ventanilla. El hombre de las gafas oscuras se despide de ti llevándose a la frente los dedos de la diestra. No es necesario que te muestre la pistola, está allí, lo sabes, encajada en la funda sobaquera debajo de su saco. Sabes también que nunca había dejado de seguirte.

IV

LLEGÓ TODO EMPAPADO. El aguacero lo había sorprendido a media calle. Desde el primer momento me inspiró confianza, como si lo conociera de otro lado. Se veía indefenso, igual a un perro acostumbrado a recibir patadas, por eso lo invité a pasar incluso antes de saber que había sido amigo de Roberto.

—Soy Alicia Salgado —me presenté mientras lo conducía a la sala—, la mujer de Roberto. Él murió. Hace más de seis meses. Me sorprende que no se haya enterado.

—Yo creí… —balbuceó. La consternación en su rostro y en su voz me hizo sentir que era yo quien debía consolarlo.

—No se preocupe —le dije mientras le servía una taza de café—. Debería darse un baño. En el cuarto hay ropa de Roberto, le va quedar un poco grande, pero es mejor que se cambie si no quiere resfriarse.

—Así estoy bien —contestó, con la mirada fija en la pared.

—Insisto, por lo menos cámbiese de ropa... ¿Cómo me dijo que se llamaba?

—Carlos.

—Es raro, no recuerdo que Roberto me haya hablado de usted.

—Teníamos mucho tiempo sin vernos.

—¿Se conocieron en la procuraduría? —pregunté, sólo por no quedarme callada.

No contestó. Tuve la impresión de que en cualquier momento podía echarse a llorar y que no lo hacía porque yo estaba presente. Lo tomé de la mano. Lo llevé hasta la recámara y saqué del ropero un pantalón de mezclilla, una playera y una toalla limpia. Le indiqué la puerta del baño.

—¿Cómo fue?

Permanecí en silencio unos momentos, indecisa. Después de todo yo no sabía nada de ese hombre. Nos miramos unos instantes. Carlos bajó los ojos y entró al baño. Descubrí que tenía ganas de hablar, de desahogarme.

—Lo mataron en la cárcel. Roberto estaba preso desde el año pasado —grité para hacerme oír sobre el ruido de la regadera que se confundía con el de la lluvia golpeando el cristal de las ventanas.

—¿En la cárcel?

Salió del baño sujetándose los pantalones con una mano. En la otra traía la ropa con la que había llegado. Sus ojos estaban enrojecidos. Había aprovechado la soledad de la ducha para llorar a gusto. Confirmé que se trataba de un verdadero amigo.

—Sí. En la cárcel —tomé la ropa mojada y la colgué en un gancho dentro del baño—. Esperemos que no tarde en secarse.

—¿Fue por lo de la droga?

—No —le dije y salimos a la sala.

❖ ❖

Cuando conocí a Roberto yo tenía diecisiete. Era mi primer día como bailarina en el *Dollies*, un *table* al que él iba seguido. Le vendía protección. No pude evitar las lágrimas mientras daba vueltas en el tubo. Tampoco pude, por más que lo intenté, terminar de quitarme la ropa. Comenzó el abucheo. El dueño me tomó de las greñas y me bajó del escenario.

—La riegas, manita —me dijo la amiga que me había recomendado, cuando entré al camerino.

Vivíamos juntas en una pensión, de ésas en que los cuartos se comparten entre desconocidos para abaratar la renta. Yo llegué allí cargando con mi panza de tres meses después de que mis padres me corrieron por puta. Los préstamos obtenidos de las amigas apenas alcanzaron para pagar el mes de renta. Debía trabajar pero en ningún lado me aceptaban con panza.

—Mejor tira al chamaco —me dijo mi compañera de habitación mientras se colocaba las pestañas postizas.

Me le quedé viendo sorprendida.

—No me veas así. Ya es bastante malo que estés jodida tú como para que de paso le jodas la vida a alguien que ni la debe. No vas a poder con él.

—¿Tú qué sabes?

—No puedes ni contigo.

Pasó una semana, en la que no conseguí ni para mal comer, antes de preguntarle qué tan caro salía tirar a un niño.

—Depende. Conozco a un médico que nos hace el trabajo y se cobra con cuerpo.

—¿Con cuerpo? —pregunté. No porque no hubiera entendido, sino porque tenía esperanza de haber oído mal.

—Tú te pones flojita —me dijo carcajeándose. Yo no veía la gracia por ningún lado.

Me deshice del hijo y de la dignidad al mismo tiempo. Pensé entonces que me daba lo mismo trabajar de sirvienta que de puta. No era cierto. Lo supe cuando oí los gritos de los hombres mientras yo bailaba. La cara me ardía. Ni siquiera sentí cuando el dueño me agarró de los cabellos. Creo que hasta le agradecí que me bajara porque no habría podido hacerlo por mí misma.

Yo seguía llorando en el camerino cuando entró Roberto con una botella de tequila. Me la puso en la boca como a un bebé al que le dan de mamar para que se calle. Funcionó, al quinto trago ya no me acordaba ni del hambre. Era un cabrón, pero buena gente. Me enseñó muchas cosas, como por ejemplo que hay mejores maneras de ganarse la vida.

Me regresó a la escuela en colegio de paga con la consigna de vender por lo menos cinco grapas al día. En la universidad las exigencias del negocio aumentaron, también los beneficios. Empecé a coger con él desde la segunda noche, la primera no cuenta porque estaba borracha y no me acuerdo. Le fui tomando cariño.

Hay cosas de Roberto que casi nadie supo, por eso no pudieron entenderlo, a mí me las fue contando poco a poco. Por ejemplo, cuando tenía diez años mataron a su papá delante de él. Vivían en Llano Grande, cuidaban unas huertas. No podían comer nada porque lo descontaban de su sueldo que de por sí era poco. Salían a cazar todos los días venados y pichones.

Iban a caballo rumbo al monte cuando les salieron al paso dos fulanos y les dispararon. El papá de Roberto no tuvo tiempo de sacar la pistola. Roberto siempre decía que lo malo no era matar a alguien, sino no darle tiempo para defenderse. *Ésas son chingaderas,* me decía y pensaba en su papá cayendo del caballo con un tiro en la frente, con la pistola media desenfundada, diciéndole con los ojos que matara a esos cabrones.

—Seguro no fue eso lo que quiso decirte —decía yo al principio tratando de consolarlo—. Sintió que iba a morir y sus ojos decían que estaba preocupado por dejarte solo a la mitad del monte.

—¿Tú qué sabes? —gritaba, aventando los vasos contra la pared para desahogarse.

Poco a poco aprendí que era mejor quedarme callada, sobre todo cuando estaba borracho, es decir, casi siempre. Roberto bebía mucho porque necesitaba olvidarse de la mirada de su padre que, según él, le reprochaba su cobardía. Pero entre más bebía más se acordaba. Cuando enterraron a su padre juró frente a su tumba que nunca iba a volver a apendejarse de ese modo. Por eso era cabrón, por compromiso.

Después del entierro, su madre lo mandó para Acapulco con unos familiares. Tenía miedo por él. Había visto la cara de los asesinos. Terminó la prepa y olvidó la consigna de su madre: estudiar una carrera y sacar a la familia del pueblo. En cuanto pudo buscó chamba en la Judicial. Quería tener permiso para portar un arma, la pistola que había sido de su padre. Era una forma de reivindicarse con el difunto.

Se fue haciendo de los amigos convenientes. El mayor Domínguez, por ejemplo. No hay nada como tener aliados en el ejército para estar protegido, decía. Se ganó la confianza de Domínguez despachando a algunos tipos que estaban de más en el camino de un protegido suyo para la procuraduría, Mendiola. Todavía es procurador del estado. Gracias a eso a Roberto lo nombraron comandante.

Pero ni eso le valió. Lo metieron a la cárcel. Por una pendejada. No se vale, de veras por una pendejada: matar a un camionero. No lo hizo porque quiso, estaba borracho y el camionero se le puso al brinco. Roberto no aguantaba esas cosas. No quería matarlo, estoy segura. Nada más darle un susto. Se le pasó la mano y el güey ése se murió antes que llegara la Cruz Roja. Alguien lo reconoció. Dijo que había sido el judicial de la Azteca. Los camioneros armaron un desmadre, cerraron la calzada rumbo a Pie de la Cuesta. No se quitaron hasta que el procurador se presentó en persona. Les prometió agarrar a Roberto. Lo dijo nada más para que abrieran las calles. A los tres días cerraron otra vez. Mendiola se estaba haciendo pendejo y ellos se dieron cuenta. Total: Roberto fue a la cárcel. Era cosa de aguantarse unos meses, le aseguró Mendiola. En lo que a la gente se le olvidaba todo y podían sacarlo sin hacer alboroto, sin que nadie se diera cuenta. De allí lo trasladaban a otro lado, le cambiaban el nombre y todo. Domínguez tenía muchos contactos.

Antes de hacer lo prometido cayó preso el tal Bernardo Acosta. Él había armado el argüende con los transportistas. Mayate del difunto, de seguro. Por eso le tenía tanta tirria a Roberto. Aprovechó un descuido para asesinarlo. Seguro fue a la mala. De frente nunca habría podido. Va a pudrirse en la cárcel. Es mi único consuelo. Esto fue hace seis meses.

❖ ❖ ❖

Todo eso le conté mientras el traje se secaba. Me escuchaba en silencio, atento. No dejaba escapar ni una sola palabra. Yo estaba llorando como niña chiquita, como cuando Roberto entró al camerino a taparme el hocico con una botella de tequila. Ahora él no estaba para consolarme.

Su amigo me abrazó. Creo que le di ternura. Yo me sentí bien apretada a su pecho. Era como si el mismo Roberto me abrazara. Lo besé despacito, apenas rozando sus labios, como por gratitud por el abrazo. Volví a acurrucarme. Pude oír los latidos de su corazón acelerándose. Sabemos lo que pasa cuando la sangre empieza a correr más deprisa. Yo tenía la mano bastante cerca de su bragueta y me empecé a reír de nervios cuando me di cuenta de que se abultaba. Se apenó bastante y quiso levantarse, pero no lo dejé.

—No se apure —le dije—, a veces eso pasa cuando estamos tristes, el cuerpo quiere alegrarse de algún modo.

Es de esas veces que una se siente frágil y necesita desnudarse delante de un hombre para sentirse menos sola. Empecé a acariciarlo. No opuso resistencia, no sé si porque de veras tenía ganas o estaba tan consternado que se quedó inmóvil, pero no pensaba preguntarle. Me quité los calzones y me enrollé la falda en la cintura. Él me miraba con los ojos muy abiertos. Yo no pude sostenerle la mirada. Me parecía que el mismísimo Roberto me veía a través de los ojos de Carlos. Me quedé viendo el techo. Si lo veía a la cara iba a darme vergüenza.

Me acomodé despacio encima de él y fui bajando lentamente, disfrutando cada milímetro de la penetración. Cuando mi entrepierna chocó contra sus ingles se le escapó un quejido, empecé a moverme, apretando su cabeza a mi pecho. Él me subió la blusa para poder chuparme los pezones. Algo empezó a dolerme. No eran las chiches que cada vez chupaba con más fuerza, ni la espalda arañada. Algo adentro, como si me encajaran un cuchillo en la boca del estómago: si cerraba los ojos podía oler a Roberto, sentirlo. Hasta su forma de gemir me recordaba a Santos. Pero el cuerpo delgado, la cara de ratón asustadizo me golpeaban: no es Roberto, nunca será Roberto.

Luego sentí coraje: contra Roberto por morirse cuando no convenía, contra Carlos por no levantarse cuando empecé a manosearlo, contra todos los hombres que son tan pendejos que no saben hacer otra cosa que matar, coger y morirse; contra mí misma por necesitar alguien en quién montarme. Arrecié el movimiento, escuchaba el rechinar del sillón y sus quejidos leves.

—Grita —le susurré al oído y me separé para verle la cara.

Era una mueca absurda, de ésas que parecen tiernas cuando una se enamora. Me despegué despacio. Iba a levantarme. Me agarró de las nalgas e hizo que me sentara de nuevo. Se incorporó conmigo trenzada a su cintura y me puso contra la pared para embestirme. Fui yo la que grité: de dolor, de coraje y placer al mismo tiempo. Él fue disminuyendo la intensidad, apretándose a mí. No gritó. Sólo se fue bajando poco a poco hasta quedar tendidos en el piso. Yo encima de él, con la cabeza encajada en su pecho, sin atreverme a mirarlo, a decir nada. Escuchándolo respirar. ¿Qué se puede decir en estos casos? Volví a llorar.

Me quedé dormida. Cuando desperté ya estaba sola. Tenía el cuerpo dolorido y mucho miedo de levantarme y encontrarlo en algún lugar de la casa. Permanecí sentada en el piso de la sala un largo rato, tratando de escuchar ruidos extraños. Nada sucedía. Fui a la recámara para cerciorarme de que se había ido. La ropa de Roberto estaba sobre la cama, el saco húmedo todavía colgaba en el tubo de la cortina del baño. Por un momento pensé que habría dejado una nota explicando el motivo de su visita, diciendo que después regresaría. La busqué por todos lados. No había nada. Tampoco regresó. Fue mejor así.

V

¡Carajo! Es lo único que se te ocurre decir. Lo dices. No, lo gritas. Y lo sigues gritando aún cuando tu voz es sólo un lamento desgarrado que se apaga en la medida que aceleras tus pasos. Bajas la cuesta al ritmo impuesto por tus ganas de huir. *¡Está muerto!* Y con él, la posibilidad de encontrar tu pasado. Respiras con dificultad, dolorosamente. Tus piernas entumidas no logran convencerte de detener la marcha. Llegas a la avenida que desliza su cuerpo serpenteante junto al acantilado. Cruzas. Te abalanzas hacia el rumor oscuro de un mar que se adivina deseoso de acogerte. Tu deseo de saltar se topa con la malla ciclónica apenas perceptible a la luz de los faros de los coches que pasan. La red metálica se mece como una telaraña recibiendo un insecto. Intentas derribarla, pero no tienes fuerza. Intentas escalarla, pero tus pobres brazos abatidos no soportan tu peso.

Empiezas a dar lástima, pinche desmemoriado, tratando de encontrar una manera de salirte del mundo.

Gritas ahora, como no pudiste cuando la mujer te pidió que lo hicieras, y te dejas caer de rodillas en el suelo empapado. Lloras, otra vez, como te imaginas que debió de hacerlo ella cuando murió Roberto, porque no lo encontraste para que te dijera quién demonios te puso en esta historia, para que te pegara un balazo y al hacerlo mencionara tu nombre. Sólo eso, saber cómo te llamas antes de morir. Qué poca cosa esperas de la vida, pinche desmemoriado, alias Roberto Santos, alias Ignacio Soto, alias Carlos Galarce: sólo dejar de usar nombres prestados.

—¿Está usted bien? —te pregunta un anciano tambaleante que carga un acordeón.

—Murió —le dices y vuelves a llorar.

El hombre se sienta junto a ti sin importarle la humedad del suelo. Saca de su morral una botella a medias. Te ofrece un trago. Recuerdas las palabras de Alicia y crees que si el alcohol sirve para borrar el hambre, puede servir también para ahogar el olvido. Lo tomas. Sientes cómo raspa mientras cae por tus tripas vacías.

—Para todo mal mezcal, para todo bien, también —recita acompañando sus palabras con una risa seca. Luego toma la botella y se acaba el contenido.

—Vamos por más —determina. Se levanta.

Tú lo sigues a un paso de distancia, con el estruendo de las olas golpeando contra el acantilado por un lado y el silencio de la calle vacía por el otro. Silencio interrumpido por el ruido intermitente de los autos que pasan. Ruido que se confunde con el rugir del mar y la lluvia que arrecia. Una lluvia que cae, otra vez, empapa la ropa que te heredó Galarce... No tienes más remedio que fijarte en el mundo, pinche desmemoriado. Aunque todo esté oscuro te resulta más fácil mirar lo que hay afuera. La oscuridad por dentro es más profunda.

Aferras tu mirada a la espalda del viejo. Te gustaría creer que él puede conducirte a tu destino.

—Ya llegamos —te dice cuando las luces verdes de El Derrumbe aparecen después de una curva.

Entran. Los meseros saludan al viejo. La gente empieza a pedir canciones. Todos ríen. Los odias por reír. ¿Otra vez el deseo de correr? Calma, desmemoriado, ¿dónde más puedes ir? Te ofrecen una silla, una cerveza. El viejo del acordeón se para al centro y canta.

Voy a cantar un corrido
sin agravio y sin disgusto
lo que sucedió en Tres Palos
municipio de Acapulco
Mataron a Simón Blanco
más grande fue su resulto.

—¿Cómo te llamas? —te pregunta una negra. Se sienta junto a ti, acodándose sobre la mesa, apretando sus pechos con los brazos para que parezcan aún más grandes.

Su mama se lo decía
Simón no vayas al baile
y Simón le contestó
mamá no sea tan cobarde
¿para qué cuidarse tanto?
de una vez lo que sea tarde.

—Simón —le contestas nomás por no perder la costumbre de andarte cambiando el nombre a cada rato. En una de ésas le atinas al tuyo. Lo piensas y te ríes.

Cuando Simón llegó al baile
se dirigió a la reunión
toditos lo saludaron
como persona de honor

se dijeron los Martínez
cayó en las redes el león.

—¿En serio? —unas gotas de incredulidad
le hacen entrecerrar los ojos—, ¿Simón qué?

Como a las tres de la tarde
dio principio la cuestión
cuando con pistola en mano
Adrián Bailón lo cazó
Onésimo su compadre
vilmente lo asesinó.

—Martínez —ahora tu risa es una franca
carcajada.

A los primeros balazos
Simón habló con violencia:
Adrián, dame mi pistola
¿no ves que ésa es mi defensa?
Quiso lograr a Martínez
le falló la resistencia.

—Me llamo Simón Martínez —dices para
estrenar completo el nombre.

Como a los tres días de muerto
los Martínez fallecieron

Decían en su novenario
que esto encerraba un misterio
porque matar a un compadre
era ofender al eterno.

—¿Como el del corrido?

No hay que tenerles confianza
primos, compadres y hermanos
el que tenga su cuestión
que ande con mucho cuidado
porque el hombre que es valiente
se muere por ser confiado.

—No, ése era Simón Blanco.

Mataron a Simón Blanco
que era un gallito de traba
era un gallito muy fino
que el gobierno respetaba
Él, con su 30 en la mano
Simón Blanco se llamaba.

Escuchas el final del corrido y miras a la negra. La letra confirma tus palabras.
—Los Martínez lo mataron, es lo mismo, los asesinos se hacen uno con sus muertos. Invítame una cerveza.
—Pídela.

El grito de la negra llamando al mesero se escucha por encima de los aplausos. Piensas en tu muerto, Ignacio Soto. En el tal Santos que seguro fue quien te disparó y nomás pudo asesinar tus recuerdos. En Bernardo Acosta, que mató a Roberto Santos. Ahora resulta que todos son el mismo.

El viejo del acordeón pasa por las mesas a recoger monedas, se acerca a la tuya hasta el final.

—Lo dejo bien acompañado, yo tengo que seguirle —te dice y luego mira a la negra—. Ahí te lo encargo, mi amigo anda triste por un muerto.

—No se preocupe, aquí se lo entretengo.

No dices nada, nomás ves al viejo irse con sus pasos lentos. Te sientes como niño abandonado a la mitad de un parque. Las ganas de llorar te cosquillean en el entrecejo. ¡Aguanta! ¡Tienes que hacerle honor al nuevo nombre! Te has vuelto muy chillón desmemoriado. ¡Ponte cabrón si no quieres que te lleve la chingada! Aunque sea como Santos, por puro compromiso.

—No eres de aquí, ¿verdad?

—No —a tu cabeza vuelven las palabras de la negra—. ¿Es cierto que los asesinos se hacen uno con sus muertos?

La risotada opaca la música de la sinfonola que acaba de encenderse. Todos te miran como si hubieras hecho una propuesta idiota.

—Las pláticas profundas merecen un tequila, ¿traes para una botella?

No contestas y ella toma eso como un sí. Llama al mesero para hacer el pedido.

—Yo nomás repito lo que decía mi abuelo, y él decía que uno nunca se quitaba a los muertos de encima, sobre todo porque siempre que matas a alguien es porque le sabes cosas. Matar sin saber es matar a lo pendejo. ¿Tú has matado a alguien?

—Sí. A lo pendejo.

—Salud por ese motivo, Simón Martínez.

—Salud —dices, esperando que Acosta no sea de los que matan a lo pendejo y pueda decirte algo sobre Santos—. ¿Sabes cómo llegar al reclusorio?

—¿Vas a entregarte?

Sonríes.

—Está cerca de mi casa, adelante del panteón de Las Cruces. Vente a dormir conmigo y yo te llevo mañana temprano. No es día de visita pero uno de los custodios es compadre. Seguro con una mordida deja que pases rápido.

Ella pide la cuenta. El mesero le dice que todo está pagado.

—Un tipo, dijo ser amigo suyo. Entró aquí después de usted. Cuando vio que pidieron la cuenta se adelantó a pagar. Ahoritita se acaba de salir. Le dejó este recado.

Sales corriendo para comprobar lo que ya sabes. Un coche viejo se aleja de El Derrumbe. Corres detrás, mirando como imbécil la mano que se agita por encima de la ventanilla. Te detienes, abres la servilleta que te entregó el mesero: *Ya no puedes decirme que no sabes quién eres.* Regresas al tugurio por la negra. *¿Quién soy? ¿Quién putas madres soy?* Ojalá Acosta pueda decirte algo.

VI

T*E BUSCA UN PERIODISTA. Se llama Simón Martínez,* me dijo el custodio cuando me fue a llamar a la crujía. La mera verdad no le creí. Se me hizo raro que vinieran a preguntarme por la muerte del tal Roberto Santos. Si nadie se enteró. Mucho menos la prensa. Nomás fue cuestión de papeleos internos: firmar las declaraciones diciendo sí lo maté, aceptar la condena de cuarenta años más, por aquello de la alevosía y la ventaja. Pensé que me estaban poniendo un cuatro para ver qué decía. Por eso le solté de entrada la versión de que lo había matado para vengar el asesinato de un compañero.

—Lo mató sin razón —le dije—, el morro tenía como veinte años. Santos se subió al camión hasta la madre de borracho y no pagó pasaje, el chavo fue tras él para decirle que le pagara. Dicen los que vieron que fue de buena forma, nomás le dijo: *Son cuatro pesos, jefe.*

Santos le contestó que los uniformados no pagaban, pero como no llevaba uniforme el chavo insistió: *Aquí todos pagan o se bajan.* Fue cuando Santos sacó la pistola y le pegó un plomazo en la barriga. Por cuatro pinches pesos, no se vale. La mera verdad le traía harto coraje.

—¿Cómo mataste a Santos? —me preguntó el fulano.

Tuve que hacer memoria de cómo le habían puesto en la declaración para no regarla. Eso le contesté: *de un navajazo por la espalda, luego le caí a golpes hasta dejarle la cara hecha una mierda.* Le dije: *no sé bien qué cosa lo mató, si la cuchillada o los golpes.* Empecé a describirle con detalle cómo brotó la sangre y esas mamadas que se supone deben interesarles a quienes escriben en la policiaca.

Se me quedó mirando. Algo me dijo: no, no es uno de ellos, ni de los cabrones de la procuraduría ni de los pendejos que se la pasan haciendo preguntas en el reclusorio.

Como que de veras quería saber cosas, pero por una razón distinta.

—¿En serio eres periodista?

—No, eso lo inventó la amiga que me acompañó para que el custodio me dejara pasar sin identificación.

—¿Entonces?

Se tardó un buen rato en responder. Ni él mismo sabía por qué chingaos me estaba preguntando cosas que no se preguntan si uno no quiere meterse en broncas.

—Necesitaba saber —dijo y comenzó a pararse, como quien no quiere la cosa, como quien espera escuchar algo más y no sabe cómo preguntarlo.

—¿Santos era tu amigo? —quise hacerle la plática para ver si se animaba. A veces uno necesita un empujoncito para hablar.

—Ni siquiera lo conozco. Necesitaba encontrarlo para aclarar algunas cosas, pero ya no hay manera.

El tal Simón Martínez hizo una mueca extraña, como a medio camino entre el llanto y la risa. Quien sabe por qué me acordé de mi mujer. Quizá porque algo parecido vi en su cara cuando supo que estaba organizando a los choferes para bloquear la avenida Pie de la Cuesta. *No te metas en esas cosas*, me dijo, preocupada y orgullosa al mismo tiempo. *Tengo que hacerlo*, le contesté, *porque si dejamos que nos pongan el pie, ya después cómo nos lo quitamos de encima.*

Cuando salió en los periódicos el encarcelamiento de Santos me abrazó. Me dijo: *estoy casada con el hombre más valiente del mundo.* Yo estaba bien contento. No sólo porque se hubiera hecho justicia, sino porque había admiración en los ojos de mi mujer y mis hijos. Eso de veras se siente bien bonito. Me acuerdo mucho de eso.

También me acuerdo del día que llegué y la encontré tirada en medio de la sala, encuerada y llena de golpes. Muerta. La mataron esos judiciales hijos de la chingada. Son de esas cosas que uno no puede probar pero sabe, que algo dentro de uno le dice que así fueron las cosas y no de otra manera. Los chamacos estaban encerrados en el baño chille y chille. Yo no sabía cómo pedirles perdón porque por mi culpa habían matado a su madre, por andar de vengador de un morro al que apenas conocía de vista.

El día del entierro llegaron por mí. La habían matado para echarme la culpa y meterme en la cárcel. Me hicieron firmar una declaración falsa. Yo al principio no quería. Allí decía: *Maté a mi mujer porque la encontré cogiendo con otro.* Se me hacía muy gacho. Si las cosas salían así en los periódicos yo no iba a estar allí para decirles a mis hijos: *Eso no es cierto, su madre no era ninguna puta.* Les pedí que mejor le pusieran: *Llegué borracho y cuando llegaba borracho siempre la golpeaba, pero esta vez, de tan pedo, no me di cuenta en qué momento se me pasó la mano.*

Me dijeron: *Si no es de contentillo, la declaración ya está hecha y da flojera hacer otra. Firma o mañana venimos a avisarte cuál de tus hijos se murió primero.* Firmé.

A los niños los recogió el DIF. Eso quería decir que podían ir por ellos cuando se les diera la gana. Eso me lo dijeron cuando se hizo lo de Santos. También en eso me hicieron firmar una declaración que no era mía. Me advirtieron: *Nunca hables del asunto o tus hijos se mueren.*

Y en serio, nunca habría abierto el hocico si no es porque a mi hermana se le ocurrió venir a verme, me dijo: *Voy a recuperar a los niños y los voy a llevar con unos parientes a Colima.* Le dije: *Sí, llévatelos, pero cuando los tengas, cámbiate de casa y no le digas a nadie, ni a mí, para dónde se fueron.* Luego vino mi hermano. Me dijo que todo estaba hecho, que ni a él le había dicho adónde iban a estar, así que por ese lado me sentía más tranquilo, confiado en que no podrían encontrarlos. Por eso me atreví a abrir la boca, me dije que total, si eso era un cuatro, nomás a mí podían matarme y al contrario, si de pasada, al tratar de resolver su asunto, el fulano ponía en claro lo que había pasado, a lo mejor hasta me absolvían.

—Santos no está muerto —le dije de sopetón y volvió a sentarse—, por lo menos yo no lo maté.

Fue como si el alma le regresara al cuerpo, clarito vi cómo le fue volviendo el color a la cara y empezó a preguntarme un chingo de cosas.

—La verdad sé muy poco, pero lo que sé es que salió de aquí caminando por su propio pie.

—Alicia aseguró que usted lo había matado.

—¿Alicia?

—La mujer de Roberto.

—A ella le entregaron un muerto —le dije y pues le conté con pelos y señales cómo había estado la cosa.

❖ ❖

Me metieron al bote el mismo día en que enterramos a mi esposa. Tuve chance de estar en el entierro, pero ya iban conmigo para traerme en cuanto echaran la última palada de tierra. Acá me encontré con Santos. La mera verdad le tenía miedo. Coraje y miedo. Después de todo él estaba protegido, y si no se había tentado el corazón para matar a un chamaco y a una mujer que no le habían hecho nada, pues menos al tipo que hizo que lo metieran preso. Me anduve con cuidado.

Al principio no quería ni cerrar los ojos en la noche porque sentía que iba a despertar con un fierro enterrado en las costillas o la cabeza partida en dos, y eso de despertar es un decir. Pero en ese tiempo Santos ni me peló, casi ni me miraba, ni cuando coincidíamos en el patio para las cascaritas de fut. Claro que cuando él entraba a jugar yo luego, luego, pedía cambio. No quería darle motivos para que me partiera la madre, por quitarle el balón o una jalada de ésas. Total que así nos la llevamos como un mes.

Ya estaba yo como más confiado, durmiendo sin sobresaltos, cuando me despertaron una noche sorrajándome en la cama un balde de agua con hielos. Hasta me oriné del susto. Me sacaron de la celda. Pensé que ya me había llevado la chingada. Me trasladaron a las oficinas, allí estaba Santos con el procurador Mendiola y un tipo con uniforme militar al que no conozco.

—Espero que no lo hayan asustado mucho los muchachos, señor Acosta —me dijo Mendiola queriéndose hacer el educado.

Me señaló una silla a la que le daba la luz de frente. Yo no quería ni hablar, porque ya sabía lo que eso significaba: madrazos bajo cualquier pretexto. Permanecí callado, esperando que fueran ellos los que dijeran lo que querían. Cuando me senté me di cuenta de que había un bulto en el piso cubierto con una lona. *Es un muerto,* pensé luego, luego y me dio más miedo. Y sí, lo destaparon y era un muerto.

—Es el difunto comandante Santos —dijo Mendiola fingiendo pesar.

Yo regresé a ver a Santos que seguía sentado en el mismo sitio, mirando al cadáver como si de veras se estuviera viendo muerto a sí mismo. No dije nada. No terminaba de comprender lo que eso significaba hasta que Mendiola dijo que yo lo había matado. Me paré de un brinco y uno de los custodios volvió a sentarme de un culatazo en la boca del estómago.

—¿Ya no se acuerda, Acosta?, le traía tanto coraje al comandante Santos por el asesinato accidental de su compañero, que a pesar de que él no lo molestó en todo este tiempo, usted esperó a que se confiara para poder matarlo por la espalda. Mire, todavía tiene la sangre de Santos en sus manos.

Cuando Mendiola dijo esto, uno de los custodios me agarró la mano y la restregó en el cadáver. Grité como vieja del puro miedo, siempre le he tenido respeto a los muertos y pensé que después de eso el difunto iba a venir a jalarme las patas por la noche.

—¡No seas pendejo! ¡La sangre que le deben encontrar es la de Santos! —dijo el militar.

El custodio me llevó hasta el verdadero Santos: también estaba herido, tenía la camisa empapada de sangre. El custodio hizo que me manchara las manos. Fue bastante brusco pero Santos parecía no sentir, otro cualquiera hubiera gritado. *Está drogado,* pensé, porque seguía con la mirada perdida.

—No cabe duda que es usted un sádico, señor Acosta —me dijo Mendiola y yo lo miré sin comprender—. Mire que agarrar a patadas al comandante hasta desfigurarle la cara.

Negué con la cabeza. Me hubiera gustado salir corriendo pero los custodios ya habían desenfundado las pistolas y estaban apuntándome.

—Aquí no —dijo Mendiola—. Se supone que lo esperó en las regaderas, allí van a encontrar ustedes el cuerpo.

Los custodios cargaron el cadáver y lo llevaron hasta las regaderas. Allí me obligaron a patearle la cara. De veras sentí feo. A pesar de saber que el tipo estaba muerto. En cada golpe tenía ganas de hincarme a pedirle perdón. No lo hice, los cañones de las pistolas me decían que no me detuviera. No me quedaba de otra. Empecé a golpear más fuerte para acabar más rápido, con los ojos cerrados, repitiendo por dentro: *¡Está muerto! ¡Está muerto! ¡No siente! ¡Está muerto!*, y rogándole a Dios que le ayudara a descansar en paz para que no viniera a espantarme en las noches. Y así seguí pateando hasta que la cara le quedó hecha una mierda.

Me regresaron a la celda temblando, con las manos y los zapatos llenos de sangre coagulada. No dejaron que me lavara. *¡Que duermas bien!,* me dijo un cabrón de los custodios antes de irse. Al poco rato se escuchó la alarma y fueron por mí, despertando a todos, para que se dieran cuenta de que me llevaban, diciendo en voz alta que había matado a Santos. Uno de los custodios declaró que se le hizo raro que Santos no regresara a su celda, avisó para que lo buscaran y lo encontraron muerto en las regaderas, con la cara desfigurada, que yo era el único enemigo que tenía, por eso me habían ido a ver y me encontraron con toda su sangre encima. Me sacaron fotos para que quedaran de archivo y a nadie le cupiera duda. Me hicieron firmar una declaración que decía algo parecido a lo que contesté al principio, lo de la venganza por la muerte de mi compañero.

Yo estaba como ido, y así estuve los primeros tres meses. Ya despúes me fui haciendo a la idea de que eso era lo último que me esperaba en la cárcel. Ya con eso me dejarían en paz. Después de todo hasta me había convenido: los otros internos me miraban con respeto. Me fui calmando, pero eso no evitó que las pesadillas me despertaran casi todas las noches. Es que si hubiera visto la cara del cristiano por más muerto que estuviera, igual le brotó la sangre y se le fueron quebrando los huesitos, igual me sentía culpable. *¿Qué tal si no estaba muerto?*, pensaba yo. *¿Qué tal si fui yo el que terminó de matarlo a golpes?*

Ahora trato de no pensar en eso, de conformarme con estar vivo y con saber que mis chamacos ya no corren peligro aunque no vuelva a verlos. Lo único que me pesa es saber que el canijo de Santos anda por allí, dándose la gran vida en algún sitio, y sólo entonces me entra el odio y pienso que debí haberlo matado de verdad para que todo esto hubiera valido la pena, pero ya es demasiado tarde.

◆ ◆ ◆

Cuando terminé de contarle al tal Simón Martínez cómo fueron las cosas, todavía podía ver claramente la cara del muerto y cómo se fue desbaratando poco a poco conforme le fui dando las patadas. El hombre me miraba en silencio, entonces caí en la cuenta de algo que de primera impresión no había notado.

—Ahora que me fijo —le dije—, el muerto que trajeron para hacerlo pasar por el tal Santos, se parecía un chingo a usted.

Nos quedamos con un montón de preguntas atoradas porque en ese momento entró el custodio para decirle que se había terminado la visita. Antes de que se fuera le pedí que si regresaba me trajera cigarros. Recibí los cigarros por medio del custodio, pero él ya no regresó por acá. Supongo que en ese parecido con el muerto encontró las respuestas que andaba buscando.

VII

ERAS TÚ, DESMEMORIADO. Seguro el hombre que trajeron para hacerlo pasar por Santos eras tú. Quisieron matarte pero no te moriste, a pesar del navajazo y las patadas. Alguien se dio cuenta de que no estabas muerto y te internaron. Todo parece claro. ¿Crees que ya estás más cerca de saber quién eres? No te alegres tanto, pinche desmemoriado, mejor piensa cómo jijos vas a hacerle para saber dónde te agarró Santos. Ni modo que vayas por allí preguntándole a todo el mundo: *Oiga, ¿usted me conoce?* ¡No seas pendejo! Pero por lo menos ya sabes a quién mentarle la madre cada vez que te esfuerzas y te duele la cara. Sí, él no tuvo la culpa, pensó que estabas muerto, pero de todas formas te partió la madre. Eres fuerte, pinche desmemoriado, pero ahora tienes que ser listo, cabrón y listo.

El hombre de las gafas oscuras te mira desde su coche viejo estacionado al otro lado del bulevar. Te alegras de que ya no te pase inadvertido. Haces como que no lo has visto. Te paras frente a un puesto de periódicos, en la primera un tipo rodeado de micrófonos y grabadoras para la trompa como si fuera a dar un beso: *En Guerrero no hay desaparecidos políticos, afirma el procurador Mendiola.* El nombre en el titular te pega.

—¡Primero se paga y luego se lee! —un hombrecillo emerge de entre las revistas y estira la mano.

—¿Es el procurador?

—¿Qué no ve la cara de sapo?

Sacas una moneda y te llevas el periódico. Quieres sentarte a leer todo lo que se diga sobre ese hombre que te ha sido mencionado tantas veces. Tomas el primer autobús que pasa y ves cómo el hombre de las gafas oscuras pone el coche en marcha. Te sientas, abres el tabloide en la página que indica la primera plana.

Permanece indiferente la procuraduría ante el creciente número de desapariciones que diversos organismos no gubernamentales han calificado de "políticas"

GRACIELA SANTIAGO | CHILPANCINGO, GRO. "En Guerrero no hay desaparecidos políticos", declaró ayer el procurador de justicia, Alberto Mendiola Otero, al ser entrevistado para *El Sur*, sobre la reciente desaparición de Angélica Ordóñez, visitadora de la Comisión Nacional de Derechos Humanos (CNDH), "la señora debe andar de compras en Chilapa y ustedes ya están armando argüende", dijo en tono burlón.

Sin embargo, el caso no es aislado, hace poco menos de un mes desaparecieron dos de los dirigentes campesinos que denunciaron la tala inmoderada en la sierra de Atoyac por un aserradero propiedad de Rubén Álvarez, hermano del ex gobernador, y hace seis meses el periodista Pablo Gálvez, que investigaba los nexos de la procuraduría con el narcotráfico.

El pendejo de Gálvez, recuerdas lo que dijo el hombre de las gafas oscuras, *el pendejo de Gálvez fue quien le disparó a Santos.* Cuando te llevaron al reclusorio Santos ya estaba herido. Fuiste tú, desmemoriado, el que le disparó al judicial y él tuvo suerte de que tuvieras mala puntería.

Pablo Gálvez. Saboreas el nombre que puede ser el tuyo.

> Cuando se le preguntó si la procuraduría iba a tomar cartas en el asunto, Mendiola Otero aseguró que ya se habían hecho "las investigaciones correspondientes en todos los casos" y al cuestionársele sobre los resultados de las mismas añadió que en el caso de los campesinos "se sabe que emigraron a Estados Unidos"; y en el de Gálvez, que "era él quien se había inmiscuido con narcotraficantes para obtener información para un reportaje. Desafortunadamente no tenemos más datos, pero seguramente fueron ellos quienes lo eliminaron y la procuraduría está haciendo todo lo posible para aprehender a los responsables".

Lees el nombre de la periodista: Graciela Santiago. Puede que después de todo no sea una idea tan pendeja llegar a preguntar: *Oiga ¿usted me conoce?* No puede ser tan difícil encontrarla, es cuestión de dar con las oficinas del periódico.

—Hasta aquí llegamos, jefe —te dice el conductor mirándote por el espejo.

—¿Sabes dónde encuentro las oficinas de *El Sur*?

—¡Híjole!, ya se pasó un buen, pero no están tan lejos, váyase usted por esta calle, cruce la vía rápida, se mete en la calle que está detrás del Noa-Noa y allí sale derecho.

Das las gracias por las señas no entendidas, y bajas del autobús con la esperanza de llamarte Pablo Gálvez y dispuesto a encontrar a Graciela Santiago para salir de dudas.

VIII

Estaba yo profundamente encabronada porque el coyón de Mauricio le había cortado a mi nota la parte en que *off the record* el procurador me había dicho que Gálvez se murió por "meterse donde no debía", que lo tomara como ejemplo, "no me fuera a pasar lo mismo". "Lo quitamos por falta de espacio", me dijo Mauricio, tratando de poner cara de "a mí no me reclames porque soy tu jefe y sé lo que hago". Lo hizo porque califiqué como una amenaza velada las palabras del procurador y le dio miedo que de veras me la fuera a cumplir y de plano me desapareciera. No sacó toda la nota porque sabe que le hubiera partido la madre, por muy editor en jefe que lo hubieran nombrado después de que se fue Pablo.

—Que te crea tu abuelita, ¡pinche Mauricio! Le diste más espacio a una entrega de despensas del DIF. No mames con tus criterios de prioridad de la información. En todo caso se corta el último párrafo, no los cinco primeros.

Puso cara de ardilla en cautiverio y bajó la mirada. No había justificación alguna para sus actos. Excepto la idea estúpida de algunos hombres que después de coger se sienten con la obligación de protegerte.

—No quiero que te pase nada, Graciela —dijo con voz quedita, porque sabía que con eso se exponía a que lo mandara a la chingada, y de hecho lo logró. "No me vuelvo a coger a un editor", pensé, "para lo único que sirven es para joder tus notas".

—¡No mames, Mauricio! ¿Qué me puede pasar? ¿No ves que el procurador ya dijo que no hay desaparecidos políticos?

Presentí el melodrama. Mauricio ya había puesto cara de "es que te quiero un chingo". Afortunadamente sonó el teléfono y la secre me dijo que me buscaba un tipo en la recepción. "Es por lo de la nota que publicaste sobre el Mendiola". "Puta madre", pensé, pero dije "ahorita bajo". Prefería cualquier reclamo del procu, que un minuto de la melcocha de Mauricio.

—Me buscan abajo. Luego platicamos.

—¿Comemos juntos?

—Vemos.

Bajé a la recepción. Cuando vi al tipo que preguntó por mí, quería gritar del susto, desmayarme, fajármelo y partirle la madre al mismo tiempo.

—¿Pablo? —pregunté, desechando la posibilidad de que se tratara de un fantasma, y para cerciorarme de que mis ojos no me estaban engañando.

—¿Usted me conoce?

Se me quedó mirando con cara de "soy el peor de los imbéciles". Yo me le quedé viendo con cara de "no mames, ya sé que la mayoría de las veces lo hicimos de perrito pero ni modo que en seis meses se te haya olvidado mi cara, ¡cabrón!"

Iba a pasar por alto que había estado desaparecido para darle la madriza que debí haberle dado el día que me mandó a la chingada. Entonces se me ocurrió que había metido la pata, es decir, que tenía delante a un tipo que se parecía a Pablo Gálvez pero no era Pablo Gálvez.

Me fijé que, en efecto, era muy parecido, tan parecido como un clon al que le hubieran puesto un cromosoma ajeno para que no quedara idéntico: le habían puesto una de esas narices que le ponen a todos los que se la rompen en accidente de coche. Las ojeras le colgaban hasta las rodillas y traía un color de "no me ha dado el sol en medio siglo" que lo hacía parecer más blanco que el Pablo al que recordaba. También estaba flaco, muchísimo más flaco que el Gálvez que vi por última vez unas semanas antes de que desapareciera. Su mirada era distinta. Y temblaba, parecía que en cualquier momento iba romperse.

—¿Eres familiar de Pablo Gálvez?

—¿Entonces no me conoce?

La conversación era absurda, así que traté de empezar otra vez, respiré profundo y le pregunté qué se le ofrecía.

—¡No sé! —me dijo y se sentó cubriéndose el rostro con las manos, como si fuera a llorar.

Yo no sabía qué hacer o qué decir. Tenía ganas de mandarlo a la chingada porque empecé a sentirme profusamente estúpida: no habían pasado ni seis meses desde la desaparición y no era capaz de decir con certeza si el sujeto que tenía delante era o no Pablo Gálvez. "Quizá lo torturaron hasta dejarlo así de apendejado", pensé y como en rola pop la esperanza dijo: "quieta". Me senté junto a él y le recordé lo que le había dicho a la secretaria para ayudarle un poco.

—Es que cuando leí la nota creí que yo podría ser Pablo Gálvez —me mostró en el periódico la entrevista con Mendiola.

—¿Creíste?

No sabía cómo empezar. Le sugerí que respirara profundo y me contara todo desde el principio, con calma. Él estaba tratando de hilar sus ideas, de encontrar las palabras, cuando llamó Mauricio y le preguntó a la secre si ya me había desocupado para irnos a comer. "Maldita la hora en que me lo cogí", pensé, y le hice señas para que le dijera que ya me había ido. Salí del periódico arrastrando al clon defectuoso de Pablo Gálvez conmigo.

Subimos a mi coche y le sugerí que fuéramos a mi casa para platicar a gusto. Me dijo que prefería un lugar con mucha gente. Le pregunté si tenía miedo de que le fuera a hacer algo. "Tú no", me dijo y me indicó que viera por el espejo retrovisor. Cuando arranqué, un Firemont negro salió tras de nosotros.

—¿Te están siguiendo?

—Sí.

Puse cara de "esto se pone bueno" y apreté el acelerador nada más para comprobar si era verdad, no porque tuviera ganas de hacerle a la persecución. Además, mi vocho no corre ni a madrazos. Y sí, el Firemont se mantuvo detrás de nosotros, hasta que entramos al estacionamiento de la Gran Plaza.

Nos metimos al café. Contra toda mi costumbre de periodista paranoica nos instalamos en una mesa cerca del ventanal. Yo sentía que en cualquier momento el tipo de las gafas oscuras iba a aparecer con una metralleta, como en las películas gringas, y nos iba a disparar a través de los cristales. Miré las lámparas de techo en forma de pescadito y pensé que, si quedaba viva y una caía entera, aprovecharía la confusión para llevármela a mi casa. En eso estaba cuando se acercó Cheli a tomarnos pedido.

—Adelgazó mucho, don Pablo, se ve muy bien. ¿Va a querer café?

—Dos americanos, Cheli, y nada más —le dije yo para que reparara en mi presencia.

Me vio con cara de "ya te pusiste celosa" y yo de "chinga tu madre, pendeja, y apúrate con los cafés".

Cuando se fue le dije al clon de Gálvez que me contara todo. La historia duró seis tazas. Hubiera pensado que estaba loco si no fuera porque el hombre de las gafas oscuras ya estaba sentado a unas mesas de nosotros sin quitarnos los ojos de encima. No tuve más remedio que creerle.

—Chale, Pablo, no sé qué decirte.

—Entonces, ¿soy Pablo Gálvez?

Contesté: "Sí". Debí haber agregado: "supongo", pero no me atreví. Estaba confundida. Entre más detenidamente lo veía menos me parecía que pudiera ser él. "Debe de ser por la madriza que le pusieron", pensé, y hasta me dolió la cara nada más de imaginar cómo le había quedado después de las patadas. Le tomé las manos, unas manos extrañas, huesudas, ásperas, que no me produjeron el más leve cosquilleo. "Ya no lo quiero", ese pensamiento me produjo un gran alivio. Me comprometí a ayudarlo a descubrir qué había pasado. Nada más por consolarlo le dije: la imaginación y la memoria son más o menos lo mismo, una vez que sepas lo que ha sido tu vida, bastará imaginarla para tener recuerdos.

—Cuenta conmigo, Pablo. Para eso son los amigos. Yo voy a ayudarte a saber qué está pasando —prometí, como si fuera la heroína de un *thriller* de bajo presupuesto, sin saber en lo que me estaba metiendo.

◆ ◆ ◆

Despistar al hombre de las gafas oscuras no fue nada difícil. Bajamos al estacionamiento y, como sospeché, el tipo no nos siguió, lo que sólo podía significar que había dejado el coche frente a la única entrada del estacionamiento. En lugar de treparnos al vocho me llevé a mi amnésico amigo al otro extremo del sótano. Salimos de allí por la puerta más lejana de la entrada del estacionamiento, tomamos un taxi rumbo a la terminal y vimos al hombre de las gafas oscuras parado junto al Firemont esperando ver aparecer un vochito rojo.

Para evitarle una espera infructuosa y a mí el pago de 24 horas de estacionamiento, llamé a Mauricio y le pedí que fuera a recoger el coche porque yo tenía que salir inmediatamente a Chilpancingo. El repuesto estaba en mi casa y él tenía llaves. Agradecí al cielo no habérselas pedido todavía. "Pero llévalo a tu casa, yo paso allí por él", le dije de la manera más ojete, por si el tipo de las gafas oscuras lo seguía.

El clon de Gálvez se durmió en mi hombro todo el camino a Chilpo. Allí sí sentí raro, pero no raro de "este tipo me alborota las hormonas", sino raro de "la amnesia le devolvió lo humano", y es que a Pablo nunca pude verlo dormido. Incluso después de coger lo que hacía era levantarse directo a la computadora, por lo que siempre pensé que mientras yo me iba y me venía, él estaba pensando en su pinche novela y en su sueño de dejar el periodismo para dedicarse a escribir.

Nunca fuimos una pareja estable, quizá por eso cuando desapareció no llegué a extrañarlo, sólo era una ausencia que se prolongaba más de lo acostumbrado. A veces me sorprendía pensando en comentarle el libro que estaba leyendo cuando lo viera. Sólo entonces lloraba.

En la procuraduría nunca nos dijeron nada, pero yo sabía que lo habían desaparecido por el reportaje que estaba haciendo, aunque no tenía forma de probarlo. Se escribieron cartas demandando el esclarecimiento de los hechos, se hicieron manifestaciones frente al palacio de justicia, se pidió la intervención de la CNDH, de organismos internacionales, y así, hasta que dejó de ser noticia y todos lo olvidaron.

Pablo era buen reportero, le ayudaba la vena literaria, pero a él le hubiera gustado más dedicarse a la literatura de tiempo completo. La novela que tenía en mente era sobre los desaparecidos en la década de 1970, sobre la soledad y la nostalgia. Así era él, un poco solitario y un poco melancólico. Lo último que me dijo fue que si eso del reportaje salía como esperaba, iba a dejar el periodismo, comprarse una casa en Barra Vieja para ver la puesta del sol todas las tardes, escribir por las noches escuchando las olas y dormir todo el día tumbado en una hamaca. Yo no entraba en sus planes, eso también lo dijo, de una forma que pretendió ser sutil pero quería decir la misma chingadera.

El clon de Gálvez se acomodó en mi hombro y me di cuenta que ya no quedaba ni resentimiento, tenía una cara de "llevo años sin dormir", que me dio pena despertarlo cuando llegamos. "Pablo", le dije despacito, él abrió los ojos lentamente y me miró, primero con extrañeza y luego, cuando me reconoció supongo, con una sonrisa. "Pablo", repitió adormilado y respiró profundo. "Ya llegamos", le dije. "Dime Pablo", pidió y volvió a cerrar los párpados. "¡Con una chingada, Pablo, hay que bajarnos!"

❖ ❖ ❖

Durante el trayecto a Chilpancingo no hice más que pensar cómo le íbamos a hacer para probar las ojetadas de Mendiola y Domínguez. Teníamos un testigo, el tal Bernardo Acosta, pero quién sabe si quisiera declarar en contra del procurador, eso, estando preso, puede ser peligroso. Lo cierto es que Pablo podría, en última instancia, decir que recordaba todo, pero eso no era una prueba contundente, necesitábamos evidencias más que palabras.

Llegamos al departamento casi oscureciendo, el clon de Gálvez se veía cansado, así que sacudí las sábanas y lo mandé a dormir. "Relájate", le dije, "al cabo que hoy ya no podremos hacer nada, mañana será otro día". Se acostó y casi inmediatamente se quedó dormido. "Relájate", me dije también yo, sin mucha convicción, porque sabía que para hacerlo necesitaba un trago, así que salí sin hacer ruido, directo al Bar del Centro para que don Josué me preparara un par de margaritas.

Estaba un poco paranoica, o mejor dicho, más paranoica de lo acostumbrado, con cada ruido brincaba imaginando que el tipo de las gafas oscuras me seguía y me cerraba el paso para cortarme la yugular. Cuando vi el letrero neón del Bar del Centro me sentí más tranquila. Al entrar saludé con un gesto a los presentes, me senté en la barra y pedí lo de siempre. Don Josué se me quedó mirando con cara de "tengo algo que decirte pero me faltan güevos".

—¿Qué pasó, don Josué? —le pregunté para que se animara.

Sin dejar de agitar la coctelera me dijo que tenía un recado para mí, primero me sirvió un margarita y luego sacó un sobre amarillo debajo de la barra.

—Te lo dejó Pablo un poco antes de desaparecer. No te lo había dado porque no habías venido. A lo mejor dices que ya para qué, pero me pidió que te lo entregara en propia mano hasta que vinieras, que no te llamara y que no comentara con nadie que te había dejado esto —iba a ver qué contenía, pero la mano de don Josué me detuvo—. También me dijo que no lo abrieras aquí, que te esperaras a que estuvieras sola.

Guardé el sobre. Me tomé la margarita sin prisa. Don Josué puso algo de Sabina en la consola y yo me quedé mirando los pedazos de hielo que flotaban en el tequila, la escarcha de sal que rodeaba la copa, sin atinar a pensar qué seguía después de todo esto. Ni siquiera me atreví a especular respecto al contenido del sobre. Apuré el segundo margarita y dejé un billete sobre la barra antes de salir de regreso al departamento.

Fue entonces cuando empecé a sentirme pendeja por las tardes desperdiciadas buscando en el departamento de Gálvez una pista, por no haber ido antes al bar, después de todo, ¿con quién si no con don Josué podría dejarme un recado el predecible de Gálvez?

Cuando entré, el clon mal hecho estaba despierto, sentado a la orilla de la cama, la luz estaba apagada pero podía adivinar su cara de "¿por qué jijos me dejaste sólo?" Antes de que dijera cualquier cosa encendí la luz y saqué el sobre.

—¿Reconoces esto?

—No.

—Me lo dejaste tú con don Josué, ¿qué no te acuerdas?

—No.

—¿Quieres abrirlo?

—No.

Por un momento pensé que se le había olvidado el resto del vocabulario, pero agregó, "ábrelo tú" y eso, quién sabe por qué, me reconfortó. Abrí el sobre y dentro había copias de un reporte militar sobre decomiso de cocaína en Puerto Guerrero: cuarenta toneladas sin procesar. Según la fecha había sido a principios del año, unos meses antes de la desaparición de Gálvez. En esa época se había dado a conocer pero los milicos dijeron que eran cuatro. Al margen, con la letra de Gálvez, estaba escrito "¿qué pasó con las treinta y seis toneladas restantes?" Lo mismo me preguntaba yo.

—¿Eso de qué nos sirve? —la copia de Gálvez también era un poco más idiota que el original.

—Está firmado por el mayor Domínguez y él mismo declaró a los medios que fueron cuatro, eso indica que está metido hasta las chanclas, para empezar.

—Domínguez quiere matarme.

—¿En serio?

—Me lo dijo el hombre de las gafas oscuras, dice que yo sé donde quedó el dinero de la venta de la cocaína.

—Ahora sí estás jodido. Eres rico y no sabes dónde dejaste los millones. ¡Que no mamen! —reí de mala gana, y seguí revisando los papeles. Al final del sobre había una chequera a nombre de Pablo y una carta para mí. Respiré profundo porque algo me dijo que estaba a punto de tragarme mis palabras. Abrí la carta y leí, entre otras cosas, que el tal Roberto Santos le había filtrado la información a Gálvez por una venganza personal contra el mayor Domínguez. A cambio de publicar la información, Santos iba a pagarle suficiente dinero como para que pudiera irse del país si era necesario. "Las cosas se complicaron —decía—, la mitad de ese dinero está en esta cuenta. No sé qué pase conmigo, a ti te será más útil. Sé que piensas que no, pero te quiero." Los cheques estaban firmados, y algo me dijo, quizá las treinta y seis toneladas de coca desaparecidas, que estábamos hablando de muchísimo dinero.

Miré al clon defectuoso con su nariz pre-fabricada, su delgadez extrema, sus ojeras profundas y su mano temblorosa. No me parecía que fuera el mismo que escribió la carta. "Pero es él —pensé—, no pudieron matarlo y tampoco quitarle el dinero". Estaba excitada en todos los sentidos, también tenía miedo. Abracé fuerte al clon y casi por inercia empecé a besarlo.

"No es Pablo", fue lo único que pude pensar cuando empezamos a coger, pero no me atreví a decirlo en voz alta, ni a parar. Más que acariciarlo fue el reconocimiento de las diferencias del cuerpo del hombre acostado a mi lado con las de Pablo Gálvez, "Hay cosas que no cambian, ¿cómo pude engañarme de ese modo?", me recriminé y lo abracé más fuerte, la euforia se convirtió en dolor, porque estaba segura de que eso era lo más próximo que volvería a estar del desaparecido Pablo Gálvez.

A la mañana siguiente, aunque en realidad pasaba del mediodía cuando desperté, encontré una nota junto a la chequera. "Hay algo que debo hacer yo solo", decía. "Está bien", pensé, "eso me dará tiempo para que se me ocurra cómo decirle la verdad. No puedo engañarlo para siempre. ¿Quién es entonces?"

Estábamos como al principio. En la nota había una posdata: "Cuídate, no quiero que te pase nada". Con eso confirmé que todos los pinches hombres son iguales. Lo único que me quedaba era rezar porque eso que debía hacer solo no fuera una completa pendejada.

IX

Te ves en el espejo que hay detrás de la barra. Un rostro distinto al que viste en las fotos que te mostró Graciela. *Mirabas de otro modo*, te dijo, y su propia mirada se transformó en nostalgia. *Me llamo Pablo Gálvez.* El nombre te queda tan postizo como los otros cuatro que has usado hasta hora. No hay un solo recuerdo que te ligue a ese nombre.

Sí. Hay uno: el cuerpo de Graciela. Te sentiste seguro abrazado a su cuerpo. Te creíste capaz de reinventar tu historia, una historia a su lado. *Tú y yo...*, dijiste, cuando habías recobrado el aliento. Ella se separó de ti, te dio la espalda, hurgó en su mochila y encendió un cigarro. *Es parte del pasado.* No había nada que hacer. El consuelo fue efímero. Ni siquiera te atreviste a tocarla otra vez. Regresaron las ganas de salir corriendo.

Bebes sin prisa. *Hay algo que debo hacer yo solo*, escribiste. No tenías y no tienes ni la más puta idea de qué hacer con tus pasos. Pero habrá que hacer algo. *Construirme una vida, por ejemplo.* ¿De dónde partirás, pinche desmemoriado? *Me llamo Pablo Gálvez.* ¿De qué te sirve eso? Estás peor que al principio. No entiendes lo que pasa. Sólo sabes que el peligro persiste. Ahora Graciela tiene lo que buscan Domínguez y Mendiola. No quieres que ella esté junto a ti cuando el hombre de las gafas oscuras dé contigo. No quieres que algo malo le pase. Pero van a encontrarla. Tarde o temprano descubrirán quién se quedó con el dinero.

—¡No vayas a cagarla, hijo de la chingada! —escuchas muy cerca de tu oído.

—Me llamo Pablo Gálvez —contestas. Como si eso bastara para que nadie pudiera llamarte de otro modo.

—¡Vale madres, cabrón!

Sientes un piquete en las costillas. Basta una mirada de reojo para ver la navaja, la sonrisa de un tipo que se sienta a tu diestra. Te informa que hay momentos en que tener un nombre no sirve para nada.

Clavas la mirada en el círculo acuoso que trazó la cerveza encima de la barra. Esperas escuchar la voz del hombre de las gafas oscuras a tu espalda, pero esa voz no llega. Intentas voltear para ver si está allí, pero la punta se te clava otro poco.

—Termínate la chela sin hacerla de pedo. Luego pagas lo que te hayas tomado y sales con nosotros.

Sentado a tu izquierda hay otro hombre. Choca su vaso contra tu botella. Luego, como si se rascara, levanta su camisa y enseña una pistola. Él también te sonríe. Piensas que el hombre de las gafas oscuras al menos tenía estilo.

—¡Ya te cargó la verga, pendejete!

Parecen divertirse. Quieres preguntarles por el hombre de las gafas oscuras. Por qué no está con ellos. Abres la boca. El tipo con pistola intercepta tu duda con un "cállate".

Te miras nuevamente en el espejo: *Hay veces en que tener un nombre no sirve para nada.*

—¡Apúrate cabrón!

Arrojas un billete sobre la barra. Te pones dadivoso y le dices al barman:

—Quédate con el cambio.

Dilatas todavía el último sorbo.

—¡No tenemos tu tiempo! —te amenazan.

Deberías de tener miedo y lo único que tienes es hartazgo. Te levantas. El cansancio se te trepa en la espalda. El piso se hunde un poco a cada paso. Pierdes el equilibrio. Los hombres te sostienen. Te sacan casi a rastras. Tú te dejas llevar. No tienes ganas de levantar los pies. No tienes ganas de alzar la cabeza. No tienes ganas de mantener los ojos abiertos. Tampoco tienes ganas de pensar y sin embargo piensas: en Graciela, en el hombre de las gafas oscuras, en el placer y el miedo.

Hay algo que debo hacer solo. Huir, fue lo que no escribiste. No querías amanecer al lado de Graciela para que te dijera: *Es parte del pasado.* No supiste qué hacer. Te fuiste. Durante algunas horas recorriste las calles de esta ciudad, *plagada de recuerdos* dijo ella, *contagiada de olvido,* dices tú. Sentiste hambre y sed. Te quedaste sentado en la barra de un bar hasta que la nada en tu cabeza dejó de parecer tan angustiante. Ahora estás con dos hombres que deciden por ti. Eso es una ventaja.

Sientes un culatazo en la clavícula. Duele. Es un dolor lejano que apenas te hace levantar la vista.

—¡Despierta, hijo de puta, si no quieres que te parta la madre ahorita mismo!

—Ya estoy muerto —les dices y te levantas la camisa para que puedan ver la cicatriz de tu costado izquierdo—. Creo que ya me mataron mucha veces. Me llamo Pablo Gálvez, Simón Blanco...

—Este tipo está loco —dice el sujeto guardando la navaja.

—Está briago y pendejo. Ahorita le quito las dos cosas.

Tu cuerpo se contrae esperando el impacto.

—Aquí no. Si nos ve una patrulla nos fregamos.

Te dejas conducir entre los callejones. Te llevan a un hotel. Los sujetos piden un cuarto. El recepcionista extiende la llave sin siquiera regresar a verte. Suben las escaleras. Entran a la habitación. Quieres preguntar a qué hora vendrá el hombre de las gafas oscuras, pero la lengua te desobedece. Sientes el cañón de la pistola justo en el entrecejo. El otro te revisa: encuentra en una de las bolsas de tu pantalón la herencia de Galarce, los últimos trescientos, envueltos en la copia de la credencial de elector de Roberto Santos.

—No trae ni celular, este cabrón.

Extiende el dinero y el papel. Examina la fotografía.

—Yo a éste lo conozco, es el judaca que vendía coca en el putero de Melquíades. La cosa se pone interesante.

Interesante. No puedes definir si eso es bueno o es malo.

—¿Tú qué tienes que ver con este güey? —pregunta el sujeto parado detrás del cañón de la pistola.

Lo estoy buscando, contestas, o quizá sólo crees que contestas, porque el hombre te pregunta de nuevo. Los ojos se te cierran, pero haces un esfuerzo por tenerlos abiertos. Siguen con el cateo. El cuarto gira vertiginosamente. A ellos parece no afectarles. Descubren en tu espalda el sobre amarillo con las pruebas contra el mayor Domínguez y el procurador Mendiola. Quieres detenerlos pero tus brazos no secundan tu intención.

—Este tipo es un chiva.

Revisan cada uno de los documentos.

—¿Qué pensabas hacer con todo esto?

No puedes responder. No sabes si es verdad o lo imaginas: una mujer entra a la habitación, se acerca, levanta tu cabeza.

—¡Suelten a este cabrón, está muy mal!

Los rostros alrededor de ti, en espiral, se alargan. Las voces se te embarran como brea: oscuras, pegajosas.

—Calmantes, hermanita. Esto va a ser más largo y lucrativo de lo que imaginábamos.

—¡Chingaderas! —susurra la mujer y se sale del cuarto.

—Entonces, mi estimado, ¿cómo vamos a hacerle para sacar lana con todo esto?

La pregunta resuena en tu cabeza, se queda rebotando en la bóveda craneana. La convulsión, que te hace arquear el cuerpo y recubre tu boca con un sabor a estiércol, te es algo familiar.

X

Nunca le tuve miedo a los fantasmas. De niño se me trepaba el muerto y siguiendo instrucciones de mi padre comenzaba a insultarlo para que se bajara. No, no sentía miedo. Sólo esa sensación de un cuerpo que se acuesta sobre el tuyo hasta dejarte inmóvil. Visita indeseable pero recurrente a la que uno termina por acostumbrarse. Yo mentaba madres hasta que el muerto se iba. Se piensa que es normal, que a cualquiera le pasa, pero nunca pensé que hablaran por teléfono.

—Me llamo Pablo Gálvez. Tengo las pruebas de que alteraron los informes sobre el decomiso de droga de principios de año. Quiero veinte millones para que no aparezca en los periódicos.

Sentí la tentación de soltar disparates. De decirle al cabrón que estaba muerto y que ningún difunto iba a venir a chantajearme. *¿Quién putas madres es?* Trataba de encontrar en mi cabeza el registro de la voz, un rostro que le correspondiera. *No, no es nadie conocido.*

—Tú no eres Pablo Gálvez —fue mi respuesta para hacer que siguiera hablando mientras escarbaba hasta el último rincón de la memoria.

—Estoy vivo, Mendiola, las patadas no pudieron matarme. Quiero dinero y hablar para que me aclare algunas cosas. Después le digo dónde. Le marcaré mañana a la misma hora.

Colgó y ahora resulta que espero la llamada de un difunto, porque verdad de Dios que Gálvez está muerto, aunque él mismo venga a decirme lo contrario.

❖ ❖

Conocí al periodista del peor modo posible. Yo era precandidato a diputado en el primer distrito. Me pidió una entrevista. Primero, las preguntas de rigor sobre las reformas e iniciativas de ley que propondría en caso de llegar al congreso. Después de cinco whiskies, cargados a mi cuenta, apagó la grabadora. Me miró entrecerrando los ojos, de por sí pequeñitos, como si me midiera. Sonreí.

Gálvez tenía fama de periodista honrado. Una fama heredada. Era hijo de un dirigente campesino y una maestra rural desaparecidos en la década de los setenta. Desde joven estuvo involucrado en movimientos de izquierda. Nunca tuvo familia. Ya como periodista se decía que su único apego era con la verdad. Mentira. Los compañeros del partido me advirtieron que la diferencia entre aparecer como un culero, un idiota, un buen samaritano o un genial estadista en una nota suya, era el número de ceros en el cheque. Creí estar preparado para llegarle al precio y para contestar cualquier pregunta.

Sacó un sobre amarillo de su morral de piel. Sin dejar de mirarme lo deslizó por la mesa para que yo lo abriera.

—*Off the record*, señor procurador, ¿cuánto estaría dispuesto a pagar para que esta información no se publique?

Me tomé mi tiempo en desenredar el cordoncito rojo, en sacar los papeles. Eran copias de documentos confidenciales del ejército. Un reporte firmado por el mayor Domínguez: cocaína, cuarenta toneladas. Luego el mismo reporte con cifras alteradas: cuatro en vez de cuarenta.

—Es cosa de los militares —regresé los papeles a su sitio—. ¿A mí qué me importa que se publique o no? Te estás equivocando de persona —deslicé el sobre en sentido contrario. Gálvez me detuvo.

—La judicial realizó el decomiso. Usted sabía perfectamente cuántas toneladas se entregaron al Ejército. Aun así ratificó la cifra errónea que dio Domínguez a los medios.

—No te recomendaría que le movieras a este asunto si no quieres acabar con un tiro en la boca —la sonrisa aún no había desaparecido de mi cara. Estaba seguro de que podría controlar la situación.

Gálvez también sonreía, quien nos viera de lejos habría pensado que compartíamos chistes.

—¿De allí vienen los recursos para su campaña, señor procurador?

—No sabes con quién te estás metiendo. No lo digo por mí. Pero ya sabes que con los militares no se juega.

—¡Dios me libre con ponerme contra los militares! —en la voz de Gálvez había un dejo de burla que me exasperó. —Por eso lo llamé a usted y no a Domínguez. A él le hacen juicio interno y no pasa de que lo jubilen. Usted tiene más cosas que perder.

—No tengo nada que perder.

—¿Se arriesga?

Sentí cómo la sangre se me trepaba al rostro. Apreté los papeles con la misma fuerza con la que hubiera oprimido el cuello del pseudoperiodista si no hubiéramos estado en un lugar público.

—No se apure —dijo Gálvez, sonriendo todavía—, los originales los tengo bien guardados. Si algo me pasa nadie podrá evitar que se publiquen.

Quise recuperar la calma, pero era evidente lo mucho que me afectaba la existencia de esos documentos.

—A veces uno tiene más enemigos de los que se imagina —dije al fin. La voz me temblaba de rabia.

—Parece que sí —contestó el muy cabrón—. Pero seguro tiene los medios para hacer nuevos amigos. Háblelo con Domínguez, a lo mejor está dispuesto a ayudarlo. Entre los dos pueden hacer una propuesta convincente para faltar a mi ética periodística. Espero su llamada antes del lunes o ésta será la nota a ocho columnas.

Lo vi irse y pensé: *Sólo tengo seis días para matarlo.*

❖ ❖ ❖

Después de la entrevista ordené a algunos de mis hombres que lo vigilaran. Al día siguiente se fingieron asaltos en su casa, la casa de una ex novia y de algunos amigos cercanos. No encontraron los documentos originales. Pensé que quizá no los tenía, y tuve ganas de desaparecerlo sin más para quitarle lo fantoche, pero no podía arriesgarme a que esa información saliera publicada.

Al tercer día nos encontramos en el desayuno. Estaba muy sonriente el hijoeputa. Se acercó a saludarme. Hizo algunos comentarios sarcásticos sobre la responsabilidad de la procuraduría en el aumento de la delincuencia. Relató los asaltos como si se trataran de una broma, porque los delincuentes no habían robado nada. En el mismo tono me echó toda la culpa. Se despidió de todos y antes de cruzar el umbral de la puerta gritó a los cuatro vientos:

—¡Señor procurador, espero su llamada!

Verdad de Dios, extrañé al pinche Roberto. Rápido y eficiente para solucionar asuntos de este tipo. Pero ahora estaba preso y yo tendría que rascarme con mis propias uñas. Gálvez se quería pasar de listo. Yo estaba a punto de perder la calma. Hubiera querido solucionar las cosas por mí mismo, de la manera amable, pero el periodista me la ponía difícil, no tuve otro remedio que acudir a Domínguez. Nos encontramos ese mismo día en las oficinas de la Sedena. Cuando le conté sobre el chantaje culpó a Santos.

—Él filtró la información. ¿Quién más tuvo esos papeles en las manos?

—Participó en el decomiso. No es tan pendejo como para ponerse él mismo la reata en el pescuezo.

—No te creas. Hay gente a quien no le importa irse entre las patas de los caballos con tal de joder al prójimo.

En este caso el jodido era yo. La bronca era entre Santos y Domínguez, y por los güevos de ellos yo no tenía el dinero que me correspondía del decomiso. Ahora, estaba en peligro de ser expuesto ante la opinión pública. Verdad de Dios que sentí ganas de mandarlo todo a la chingada, pero hay negocios de los que sólo la muerte puede separarnos.

—Santos está preso —le recordé al mayor, como si eso bastara para inutilizar la red de relaciones que el comandante había tejido en torno suyo.

El mayor permaneció en silencio, viendo cómo se desbarataban los hielos de su whisky.

—¿Qué vamos a hacer? —insistí.

—Ya veremos. Por lo pronto declina lo de tu candidatura para la diputación, como están las cosas no podemos soltar la procuraduría, hasta que no tengamos alguien de confianza para dejarlo en tu lugar. Ya sea que matemos a Gálvez o no, la cosa se va a poner difícil.

Sentí que me daban un chingadazo, pero con el mayor no se discute, así que esa tarde presenté mi renuncia y envié un comunicado a los periódicos. No había mucho más que yo pudiera hacer. Sólo el fin de semana restaba para que Gálvez cumpliera su amenaza.

❖ ❖ ❖

Suena el celular. Es el mayor Domínguez. Pregunta cómo va nuestro asunto. Le digo que el supuesto Pablo Gálvez no es muy puntual en sus llamadas.

—¡Reúnete con él lo antes posible! ¡Mátalo! ¡Aquí no va a venir ningún pendejo a querer intimidarnos!

Cuelga. La impaciencia en él es sinónimo de miedo. Es raro. Pocas veces lo he visto perder el dominio. Recuerdo sólo una. Fue con Roberto Santos.

El comandante llegó encabronado a las oficinas de la Sedena, gritándole al mayor que era un culero. Lo culpaba del asesinato de su hermano. Cuando terminó de gritonear sacó la pistola, se la puso al mayor en la frente. El mayor pareció no inmutarse. Frunció el entrecejo y lo miró fijo, para clavarle la duda junto con la mirada.

—No vayas a hacer una idiotez —le dijo—, piensa bien las cosas, ¿a mí de qué chingados me sirve que tu hermano esté muerto? Además, si me matas aquí, no sales vivo.

Santos bajó entonces la pistola. Tampoco era pendejo.

—Ya encontraré la forma de partirte la madre, hijodeputa —le dijo a Domínguez y salió resoplando.

—Eso le pasa por creerse más listo de lo que en verdad es —dijo el mayor cuando Santos salió de la oficina.

Respiraba con dificultad. Buscó unas pastillas en el cajón de su escritorio y se apuró a tragárselas. Luego recostó la cabeza en el respaldo del sillón. Hasta ese momento comprendí la magnitud del susto. En realidad él tampoco sabía que Santos no iba a ser capaz de disparar.

Qué güevos del cabrón, pensé, mientras veía cómo se recomponía, cómo recobraba el dominio de sí mismo y su respiración se normalizaba.

—Lo bueno es que su madre ya había muerto, si no hubiera sido más culero —se rió de buena gana.

—¿Tú mataste a su hermano?

—Tenía que desquitarme de algún modo.

Domínguez tenía orejas muy cercanas al comandante. Por eso se enteró que Santos andaba haciendo amarres por su cuenta: *Ni siquiera tendrá que hacerse la parafernalia del decomiso para que llegue a manos del ejército. Mi gente recoge directo y vende sin meter a los guachos. Hay más ganancias para todos. Trato directo pues,* había dicho Roberto a un capo en ciernes que aceptó hacer la prueba.

Cuando los judiciales fueron por la droga les cayó el ejército. Los mató a todos y se denunció la corrupción al interior de la Judicial. A Santos no le quedó otra que tragarse el coraje y declarar que iba a investigar lo sucedido. Ya con la droga en manos del ejército se siguió el mismo procedimiento para la distribución y venta. Los judiciales siguieron siendo minoristas, el último eslabón de la cadena. Al capo y a Santos se les quitaron, o por lo menos se les entumieron por un rato, las ganas de andar haciendo negocios por su cuenta.

Después del incidente, Domínguez se propuso quitar al comandante del camino. Ya no confiaba en él. Mandó a uno de sus hombres a matar a Roberto, pero no había podido. Santos sabía cuidarse. El matón apareció descabezado a la entrada de la Sedena. Se descubrió que era un soldado con permiso. Los dos se hicieron pendejos. Hasta aparecieron juntos en los periódicos diciendo que unirían esfuerzos para acabar con la violencia.

Había pasado casi un año cuando mataron al hermano de Santos por orden del mayor. Santos lo sabía. Hizo investigaciones: el hermano de Santos llegó a su casa pasado el mediodía. Un grupo de soldados fue a buscarlo. Se lo llevaron a la fuerza. Mucha gente los vio. Además, las balas que encontraron después en el cadáver eran de armas de uso exclusivo del ejército. No fue un descuido. El cabrón de Domínguez quiso que Santos tuviera la certeza aunque no pudiera probarlo. Fue su modo de darle un escarmiento. Santos no perdonaba; por eso el mayor estaba seguro de que Gálvez había obtenido la información del comandante. Sabía que Roberto estaba dispuesto a todo para hundirlo.

❖ ❖ ❖ ❖ ❖

Al día siguiente de mi renuncia a la candidatura, Gálvez me llamó varias veces al celular: *Sigo esperando su llamada, señor procurador, ahora tenemos más cosas de qué hablar,* decía el mensaje que dejaba cada vez. No quise contestarle, tenía que hablar primero con Domínguez. Al atardecer llegó la llamada del mayor pidiéndome que nos encontráramos en el Cereso de Acapulco. *Roberto va a ayudarnos a librarnos de Gálvez,* me informó.

Era bastante noche cuando llegué a la cita. Domínguez me esperaba en las oficinas del director del penal. Me explicó que Santos había ido personalmente a matar al periodista. *¿Salió?* Pregunté incrédulo. El mayor se había negado a que liberara a Santos antes que regresara el dinero de la venta de la droga, precisamente de las treinta y seis toneladas por las que andaba preguntando Gálvez, y Santos se negaba a entregarlo porque sabía que sin ese dinero en su poder ya no tendríamos razón alguna para conservarlo vivo. *No se fue solo. Gente de mi confianza lo acompaña.*

Silvestre Hernández, el hombre que el mayor había infiltrado para ganarse la confianza de Santos y mantenerlo informado de cada uno de sus pasos, llegó al Cereso en la madrugada, con la camisa llena de sangre.

—Gálvez traía pistola, hay que llevar a Santos a un hospital.

—¡Por mí que se muera! —espetó Domínguez—. ¿Dónde están los papeles?

—No sé. No los encontramos, y después del tiroteo no tuve tiempo de buscar.

—¿Y Gálvez?

—Herido, en la cajuela.

—¡Hay que llevarlos a los dos a un hospital! —tercié—. Si se mueren no podremos recuperar el dinero ni esos documentos.

—Tráemelos a los dos —ordenó el mayor. No sé si ya lo había pensado o si fue allí donde se le ocurrió hacer pasar al periodista por Santos. Mandó a traer a uno de los reclusos, Bernardo Acosta, que de por sí traía cuentas pendientes con el judicial, para culparlo del asesinato.

—Así matamos dos pájaros de un tiro, desaparecemos a Gálvez y justificamos la salida de Santos, ya afuera lo seguimos y recuperamos el dinero. De los papeles nos ocupamos después. ¿Cuánto a que el lunes no aparece nada?

—No podemos estar seguros.

—Confía en mí.

Dispusimos cómo debían hacerse las cosas y nos fuimos. Silvestre quedó a cargo. El lunes llegó y en ningún diario aparecieron los documentos filtrados, ni siquiera se hablaba de la desaparición de Gálvez. Sin embargo, no bajamos la guardia. Cualquier cosa podía pasar y teníamos que estar preparados.

Esperábamos el informe de Hernández pero nunca llegó. Supusimos que Santos lo había comprado y ya estarían lejos con el dinero. Quizá ellos mismos tenían los papeles, porque ya libre, a Santos tampoco le convenía que se revelara esa información. Tampoco supimos qué hicieron con Gálvez, pero por las condiciones en que estaba, lo más probable es que no hubiera sobrevivido. No, es imposible que haya sobrevivido.

Aprovechando el revuelo que armaron los medios por la desaparición del periodista, el mayor ordenó la búsqueda de los tres. Colocó retenes en todas las carreteras, pero en dos meses no hubo señales de su paradero. Domínguez decidió tomar el dinero perdido como el pago justo para que Santos dejara libre de su influencia a la judicial y para que Gálvez dejara de meter las narices donde no debía.

❖ ❖ ❖ ❖ ❖ ❖

La siguiente llamada tarda en llegar. Yo también me doy mi tiempo en levantar la bocina. Trato de conservar la calma. Sé por experiencia que los extorsionadores y los secuestradores tardan en llamar para demostrarte quién está a cargo, ellos deciden el momento preciso y tú tienes que esperar. Buscan tu descontrol para que eso te lleve a portarte como idiota.

—¿Diga?

—Mañana. En el kilómetro 30 de la carretera a Acapulco. Hay un restaurante que se llama El Pino. Llegue a las seis de la tarde. Traiga los veinte millones en efectivo, repartido en partes iguales en cuatro maletas. Deje las llaves pegadas y entre al restaurante. Yo estaré allí y después de conversar lo llevaré hasta donde está su coche. Allí estarán sus papeles en lugar del dinero, siempre y cuando el dinero esté completo. Se dará cuenta de que no estoy solo, así que no intente nada o los papeles irán a dar directo a las redacciones de todos los periódicos, incluso los nacionales.

—Ahí estaré.

Cuelga. *Chingatumadremalditohijoeputa* escupo en el teléfono cuando ya no puede oírme. Sólo para sacar la rabia. La cosa no va a ser tan fácil como te imaginaste, difunto

Pablo Gálvez. Ya estoy bastante grandecito como para dejar que se me trepe un muerto.

XI

U N DISPARO Y UN GRITO. Es lo único que has podido recuperar de tu memoria antes del hospital. Y ni siquiera sabes si de verdad es un recuerdo o un sueño que tuviste en las últimas noches. No importa. Aferras los sonidos y te lanzas con ellos a la pantalla oscura que cubrió tu pasado. No obtienes resultados. No logras abrir ni una rendija por la cual asomarte para ver lo que fuiste antes de despertar.

—¿Estás bien? —pregunta la mujer sin apartar los ojos de la carretera.

Su voz te devuelve al momento presente, al coche en marcha rumbo al kilómetro 30, a la cita pactada con Mendiola.

—Cálmate un poco —te ofrece un cigarro que rechazas—. Cuando uno está nervioso comete pendejadas y si algo no me gusta es la gente pendeja. Así que no la riegues. El hecho de que vengamos solos no quiere decir que no haya gente vigilándonos para que no se te ocurra alguna tarugada.

Ella fuma. Sube el volumen del estéreo. Una voz masculina en un idioma extraño resume la sensación que te acomete:

I'm a creep, I'm a weirdo
What the hell am I doing here?
I don't belong here.

¡Calma! *¿Qué diablos hago aquí?* ¡Calma, desmemoriado! *Me llamo Pablo Gálvez.* Un nombre no te hace invulnerable a los balazos. Seguro habrá balazos. Mendiola no va a dejarte ir tan fácilmente. Hará todo lo posible por matarte. *Ya quisieron matarme pero no lo lograron. Así que no me importa si lo intentan de nuevo.* ¡Sí te importa! Tan te importa que los güevos se te trepan al cogote y no encuentras la manera de bajarlos.

El temblor en tu mano derecha se acentúa. Gálvez traía pistola. Sí, eso fue lo que dijo el hombre de las gafas oscuras. Quizá los estertores no sean más que el recuerdo físico del latido del arma. Para que ni la amnesia te impida recordar que eres un asesino. *¡No soy un asesino! Santos sobrevivió...*

Piensa en el intendente: su rostro deformado por el dolor del golpe, sus ojos abiertos al estrellarse contra el filo de la taza, la sangre en tus manos. Sí, trata de justificarte, de pensar que era necesario para salvar tu vida, por más que lo intentes no vas a conseguir un argumento que demuestre que no eres un culero.

Busca otra manera de evadir el peso de los remordimientos. Piensa, por ejemplo: ir como cerdo al matadero es una forma de lavar tus culpas. Así, si Mendiola te abre un tercer ojo a punta de balazos podrás creer que tiene algún sentido.

¡No quiero que me maten! ¿Cómo vas a evitarlo? Él tendrá sus papeles y los hombres del bar saldrán con el dinero dejándote metido en la boca del león. ¿Harán algo por ti? ¡No le importas a nadie, pinche desmemoriado! No eres más que carnada. Mejor piensa en una forma de zafarte de esto.

—Ya casi llegamos —avisa la mujer. No entiendes cómo puede mantener la calma. Es como si debajo de la peluca roja y detrás de unos lentes oscuros se sintiera invencible.

Detienen el coche frente a una construcción de madera. Se escucha un río. Hay árboles alrededor. Tratas de imaginar el escenario en que será encontrado tu cadáver.

Entran al restaurante. La mujer elige una mesa cerca de la ventana, te pide una cerveza. La sensación es buena, sientes cómo resbala por tu estómago; quisieras embriagarte para no ser consciente de lo que está pasando. Miras alrededor y tienes la impresión de que tú no eres quien está viviendo todo esto y, al mismo tiempo, de que ya lo has vivido.

La mujer saca dos celulares de su bolso, te entrega uno, marca para asegurarse que es el número.

—Si te llaman contestas, el número es nuevo, sólo pueden ser los muchachos o yo.

Los muchachos. Es cierto, ninguno de los dos sobrepasa los treinta. Qué fácil es hacerle al chico malo si el gusano atrapado en el anzuelo es un pendejo que no es capaz de recordar su nombre.

Ella pregunta por el baño y se dirige a él. Cuando la ves cerrar la puerta crees que sería un momento propicio para salir corriendo, pero el procurador Mendiola está en la puerta y no tienes más remedio que volver a sentarte.

Levantas una mano para que te ubique, como si saludaras a un amigo. El rostro de Mendiola palidece, como si hasta este momento no hubiera creído que eras tú quien habló por teléfono. Y no, no fuiste tú. La voz extraña de uno de los *muchachos* debió haber sido para él una esperanza.

—Vengo dispuesto a hablar —Mendiola se sienta, busca al mesero con los ojos y pide un whisky solo—. Aprovecha y decide qué quieres que te aclare primero.

—Mi muerte, Mendiola, mi muerte. Eso es lo único que no me queda claro.

—No creo en las resurrecciones, aunque después de hoy me sienta tentado a hacerlo, así que de eso no podremos hablar porque estás vivo. Por lo menos ahora.

¡No dejes que la amenaza te amedrente! Tienes enfrente al hombre que ordenó tu asesinato, así que por lo menos intenta conocer la verdad de su boca, pase lo que te pase.

El teléfono suena. Mendiola parece no inmutarse, como si él estuviera más preparado que tú para recibir esa llamada.

—¿No vas a contestar?

Dudas, no quieres saber de la extorsión, lo único que deseas es encontrar las piezas que te faltan para terminar de armar tu pasado. Poder pensarlo sin que quede cabo suelto. Después, vivir para imaginarlo, hasta que no puedas distinguir entre los verdaderos recuerdos y esas imágenes creadas a partir de las palabras de otros. Ser alguien con memoria.

—Contesta, si no comenzaremos a ponernos nerviosos.

La voz de la mujer te dice que Mendiola no dejó el dinero en el asiento trasero como habían acordado, que le hagas saber que no van a entregarle los papeles, que no hay más que hacer, así que debes ponerte de pie y largarte. Pero no quieres irte, no sin las respuestas que el procurador parece dispuesto a entregar sobre tu vida. Cuelgas.

—Yo no tengo los papeles, Mendiola.

—Lo supuse, pero no te preocupes, vamos a encontrar a quien los tenga. Ya sabemos quién está detrás de todo esto. Los tenemos vigilados. Incluso a tu amiga que acaba de salir. Una vez que suba a su coche comenzarán a seguirla. En cuanto a nosotros, ¿ves a los señores de esa mesa?, son personas amables que van a hacerme el favor de quedarse contigo cuando yo me vaya. Pero dijiste que querías que te aclarara algunas cosas. Pregunta, voy a contestarte lo que quieras, lo consideraré como el cumplimiento de la última voluntad de un moribundo.

Miras hacia la puerta, el hombre de las gafas oscuras te sonríe.

XII

¡PENDEJOS! ¡Todos los pinches hombres son unos pendejos! Empezando por Alfredo y Gonzalo que creyeron que esto del chantaje al procu iba a ser pan comido, y terminando por los imbéciles que me vienen siguiendo y creen que va a ser fácil atraparme. ¿Qué harían si doy el volantazo y me voy directo contra ellos? La idea me viene revoloteando desde que arrancamos. No pasa de que nos demos en la madre. La ventaja es que mi coche tiene bolsa de aire y que nunca manejo sin el cinturón puesto. Esos nacos ni siquiera los conocen por nombre, porque a lo más que llegan sus carros chocolates es a freno de mano. ¿Puedo confiar en eso? ¡Sí! ¡Puedo confiar! Doy la vuelta. Acelero. Estoy dispuesta a morir en el intento. Lo que siento entre el pecho y la espalda algo tiene que ver con el miedo, lo sé, pero se siente rico. Acelero hasta el fondo y los muy pocos huevos se salen del camino y van a estrellarse contra un árbol. Ya imagino el llamado a sus compinches: "Corsa blanco sin placas, pelirroja demente en el volante. Deténgala. Va por la libre a Chilpancingo. Pero de todas formas manténganla súper vigilada, no sea que en una de ésas la cabrona cambie de carretera". ¡Pendejos! ¿Cuánto que no se les ocurre que regreso y paso junto a ellos? Eso sí, primero detenemos el coche y le ponemos placas. Las cosas como deben ser. Adiós lentes de sol y peluca pelirroja, mejor una cola de caballo y un cambio a ropa sport. Doy la vuelta y me voy a Acapulco. Pero sería incapaz de pasarme de largo, tengo que detenerme junto a ellos. Si me reconocen y me dan un balazo aceptaré que soy una pendeja, pero no me puedo quedar con las ganas de verles las jetas de cerquita.

—¿Están ustedes bien? —digo con voz trémula y esbozo la mirada más compungida que encuentro en mi repertorio de actriz tercermundista. ¡Qué público, señores! Hay escepticismo en sus ojos, por el coche supongo, pero es sólo al principio, se me acercan pero obviamente no me reconocen. Siempre he dicho que un cambio de vestuario hace milagros—. Voy a Acapulco, ¿necesitan que llame a alguien para que venga a ayudarlos? ¿Están bien?

Los dos tipos alejan sus manitas de la parte trasera de sus pantalones, lo cual indica que ya aceptaron la obra y desistieron de sacar la pistola. Yo me acerco a ellos, pero no del todo. Me mantengo a una distancia prudente. No vaya a ser la de malas y la gracia divina les quite la pendejitud.

—¿Vio pasar un coche como el suyo?

—¡Ay, Dios santo! ¡La loca! —ésta es la parte en que me cubro el rostro y respiro profundo para poder hablar. Una pausa dramática para acentuar el susto que me provocó el supuesto encuentro con mi otro personaje—. Luego por qué dicen que las mujeres manejamos mal. ¡Casi me saca de la carretera! Parecía que llevaba al diablo pisándole la cola —el tono confidente funciona para entrar en confianza y demostrar que no tengo pelos en la lengua, lo que sigue es dejarles muy claro que aquella otra y yo no somos iguales—. Pero déjeme aclarar que su coche no era como el mío. El mío es último modelo. El de ella es del año pasado. Fíjese bien, los rines son distintos.

El "judaca", como dicen mis hermanos, habla por radio para decir que persigan un coche del año pasado, lo que confirma que en realidad los nacos nunca suelen fijarse en esas cosas, porque para empezar no saben qué se siente tener coche del año. Suena mi celular.

—Aló. Mamá. ¿Qué pasa? ¿Por qué lloras? ¿Los niños? ¿Qué pasa con los niños?

La voz entrecortada de mi madre, histérica de veras, me dice que mataron a los niños, que un coche los seguía en plena costera y armaron tiroteo. ¡Los mataron! ¡A Gonzalo y Alfredo! ¡Mataron a mis hermanitos! Y yo mientras haciéndole a la actriz con estos güeyes. ¡Pinche par de pendejos! Eso de dejarse matar a plena luz del día, en medio de la gente es cosa de pendejos. "Mis hermanos, murieron, en un accidente", le digo a los judacas que me interrogan con la mirada cuando se me salen las primeras lágrimas. ¡Quiero gritar! ¡Grito! Pero el sonido no basta para sacar todo lo que siento. Y ahora este par de imbéciles trata de consolarme.

—Voy por algo a mi coche —los pañuelos desechables están en la guantera junto con la pistola. Considero que en estos casos es mejor un balazo para enjugar las lágrimas. Los tomo por sorpresa. Les reparto balazos equitativamente antes de que puedan hacer algo. Tengo buena puntería. No en vano voy al campo de tiro los fines de semana. Me acerco, doy el tiro de gracia, como debieron de hacer ellos con mis pobres hermanos. Mendiola debe de estar todavía en el restaurante, si no voy a encontrarlo donde sea. ¡Voy a partirle el alma al muy hijo de puta!

◆ ◆

Desde que vi al par de imbéciles, que eran mis hermanos, hablando de negocios con un pinche borracho, supe que esto no terminaría bien. No sé cómo dejé que me convencieran de hacer esto. Supongo que de la misma manera que me convencieron de ligarme viejitos en la costera y llevarlos hasta donde estaban ellos para que nos "secuestraran" y nos sacaran lana. Era por diversión más que por otra cosa, nos poníamos a prueba, yo en mi capacidad para enamorar hombres y ellos en sangre fría.

Desde que me dijeron que se habían puesto el reto de sacar a un borracho de una cantina sin que nadie los detuviera, me dio muy mala espina, pero como siempre no pude convencerlos de que no lo hicieran. Después se les metió entre ceja y ceja la idea de la extorsión. Ya es lo último, hermana, me dijeron. Sabía que estaría rudo, pero no pude dejarlos solos porque ellos nunca me habrían dejado sola a mí.

El coche de Mendiola sigue estacionado frente al Pino. Recargo la pistola y la meto en la bolsa de mi sudadera. Un tipo está vigilando la puerta, o por lo menos eso parece. ¡Pinche naco! Ya es de noche y trae lentes de sol. Paso junto a él y le sonrío. Gálvez se ve abatido, a Mendiola no le veo la cara, pero debe de estar creyendo que ya no pasó nada; imagino la sonrisa en su cara de sapo y el estómago se me retuerce, yo me acerco sin quitar la sonrisa, sé que los hombres de varias mesas están viéndome, puedo ver que tienen las manos cerca de la pistola. Me pongo justo detrás de Mendiola, me voltea a ver, pero yo llevo la vista fija en Gálvez.

—¿No se acuerda de mí? Fue a la escuela una vez a dar una plática sobre periodismo. Vivo por aquí cerca. Vine a comprar unas cosas para la cena. Lo vi y no quise dejar pasar la oportunidad de saludarlo. Disculpe la interrupción, señor, pero es que me dijeron que había desaparecido, ¿es verdad? Disculpe si soy impertinente. Pero ya sabe, es que soy estudiante de comunicación, ¿recuerda? ¡Admiro mucho su trabajo!

Gálvez no sabe qué decir ni qué hacer. Es un pendejo, como todos los hombres, pero estoy segura de que me reconoce. Precisamente por eso no sabe qué decir. Yo sigo con mi pose de muchachita idiota. Estoy casi parada de puntillas encima de Mendiola. Él intenta buscar la contorsión correcta para voltear a verme sin que mis tetas le queden en la cara. Yo, como si no me diera cuenta. Sus guaruras parecen divertidos más que preocupados. Todos son bien pendejos. Codazos y sonrisas es lo único que se les ocurre.

Mendiola está incómodo y yo me encimo más, hasta que consigo que se pare; es más bajo que yo, lo que me facilita muchísimo las cosas. Sé que el procurador no sería capaz de armar escándalo en un restaurante con tantos ciudadanos disfrutando su cena. A mí me vale madres. En cuanto se para me pongo atrás de él y saco la pistola. Se la pongo directo en la cabeza, con un golpe, para que se entere que la cosa va en serio. Hasta ahora sus guaruras reaccionan. Están todos de pie y son un chingo. Pero yo me figuro que estoy haciendo teatro para conservar la calma.

—¡Quietos, imbéciles, o su jefe se muere!

Son todos bien pendejos. No reaccionan. El resto de la gente se escondió debajo de las mesas. El mundo es predecible.

—¡Vámonos, pendejo! —le digo a Gálvez, que también se había quedado pasmado, necesito que maneje en lo que yo sujeto la pistola—. ¡Que nadie nos siga o verán salir el cadáver del procurador por una ventana del coche!

Comienzo a sentirme segura cuando un valiente saca su pistola, pero antes de que dispare tiene una bala clavada en la mano, y el balazo no salió de mi arma.

—Dijo la señorita que no disparen. ¿A poco no entendieron? —dice el naco de los lentes de sol que se halla tras de mí. Ya se me había olvidado, pero al parecer está de nuestra parte, si no, habría podido matarme sin problema. Salimos, el tipo nos cubre las espaldas.

—En mi coche, del suyo ya tienen el pitazo, además traigo radio y podemos saber qué chigaos hacen, súbase atrás con el procurador, yo me voy adelante con Roberto.

Tengo que resignarme a subirme al pinchurriento coche chocolate y tomamos camino para Chilpancingo. Me duele dejar mi Corsa nuevecito abandonado, pero aquí no es de gustos. Ninguno dice nada, quizá porque nadie puede saber qué sigue, ni siquiera yo misma. Matar a Mendiola me parece bastante poca cosa.

—¿Ahora qué sigue? —es Gálvez el que hace la pregunta cuando el coche atraviesa el estado y llegamos a Morelos.

—Sigue que dejes de hacerte pendejo y me digas dónde está la parte que me toca del dinero —el hombre de las gafas oscuras para el coche y apunta su pistola a la frente de Gálvez.

—¡Eres un culero, pinche Hernández! —tercia el procurador.

—¡No se meta, compadre, que esto es asunto entre nosotros dos! —le dice el judicial.

¡Ahora sí la cagamos!, pienso yo. *¡Estoy con tres locos metida en un coche chocolate en medio de la nada!* No me gusta la idea, pero dejo de apuntar a Mendiola y le pongo el cañón en el cráneo al tipo de los lentes oscuros.

—¡Aquí no va a haber muertos hasta que yo termine de arreglar mi asunto! ¡Entrégale a Gálvez la pistola! —no tiene otro remedio que soltarla—. Vamos a Cuernavaca, allí tengo un lugar donde podemos hablar y ponernos de acuerdo. Si nos ponemos listos todos podemos sacar algo de provecho.

❖ ❖ ❖

Llegamos a Cuernavaca a media madrugada. Guío al hombre de las gafas oscuras por las calles vacías. Noto que mi voz tiembla. "¡Qué pinche frío!", digo, para justificarme. Nunca he entendido qué mecanismo activan los recuerdos adentro del cerebro para que brote el llanto, pero allí están, haciéndome cosquillas en el entrecejo.

Entramos a la casa. No había venido aquí desde hace años. El último recuerdo que tengo de este sitio es el de mi padre colgado por el cuello de una viga, como si se meciera contemplando el jardín. Era domingo. Mis hermanos y yo veníamos de las clases de tenis, discutiendo por algo que luego dejó de parecernos importante. Cuando llegó mamá, mis hermanos ya habían descolgado a mi padre. Primero lo miró perpleja, como si no entendiera que lo que había delante de ella era un cadáver. Luego se le fue encima, gritando "¡Alfredo!, ¡Alfredo!", lo tomó por los hombros y lo agitó muy fuerte como si pudiera despertarlo. Después le golpeó el pecho, diciéndole que era un maldito hijo de puta, una rata que abandonaba el barco justo antes del naufragio. Desde ese día mi madre no para de embriagarse. La vida a veces puede ser muy culera.

❖ ❖ ❖ ❖

"Mi idea era matarlo y ya, pero creo que con eso no es bastante. ¡Quiero algo que le duela!", les digo a los dos hombres, después de encerrar a Mendiola en un cuarto.

—Si se publican los documentos lo destruimos, irá a dar a la cárcel, él y el mayor Domínguez —dice Gálvez.

—¡Dejé los putos papeles en el coche, coño!

—Era un juego de copias, los originales están en otro lado.

Gálvez y yo miramos al hombre de las gafas oscuras, parece el más enterado de lo que sucede.

—¿Dónde? —le pregunto.

—Eso lo sabrán cuando tenga la parte del dinero que me toca.

—¿Cuál dinero?

—Eso que te lo diga el "periodista" —el tono no podría ser más sarcástico.

—Yo no tengo el dinero. Lo tiene otra persona —en el rostro de Gálvez hay temor.

—Pues dile que lo traiga.

Los tres sabemos: hay que hacer que esto termine. No podemos dejar las cosas a medias: o matamos a Mendiola y nos echamos encima a toda la policía federal, que ya de por sí debe andarnos buscando; o lo hacemos pedacitos para que ya no pueda hacernos nada.

Además, la expectativa de que haya dinero de por medio me agrada, si me pongo lista podría lograr que algo me toque, por lo menos para irme del país un rato. Que es lo que todos deberíamos hacer después de esto.

—¡Haz que traiga el dinero! —insiste el hombre de los lentes de sol.

—No sé cómo localizarla.

—Entonces es la periodista, no hay bronca, yo la encuentro.

—¡No!

—¡No mames, cabrón! ¡Te cogiste a la vieja y quedaste enculado!

—¡No quiero pleitos en mi casa! —intervengo—. Necesitamos el dinero, necesitamos los papeles, yo necesito que Mendiola pague lo que le hizo a mis hermanos. O nos ponemos de acuerdo o no vamos a hacerla. ¿Quién tiene el dinero?

—La periodista —dice el hombre de los lentes de sol

—¿Cómo se llama y dónde trabaja?

—Graciela Santiago. Del periódico *El Sur*.

Los hombres hacen difícil lo sencillo. Llamo a información y pido el teléfono del periódico. Después llamo al periódico, porque sé que en esos lugares siempre hay un cabrón que no duerme y algún otro que se desmañana. Me dicen que no está, así que pido que me den su celular: "es una información importante sobre el procurador Mendiola". El hombre me da el número, le marco y ¡aleluya! Graciela Santiago al habla.

—Amiga mía —le digo—, ¡estás a punto de hacer el reportaje de tu vida!

XIII

AMANECE. No has podido conciliar el sueño. *Graciela viene para acá,* te dijo la mujer, *mañana en la mañana llega con el dinero.* Tienes miedo de enfrentarla. Ahora sabes de ti algo que no te gusta: retrasaste la publicación de las pruebas porque esperabas sacarle dinero a Domínguez y a Mendiola. Te vendiste. Sientes vergüenza de que Graciela tenga buena imagen de ti. *Querían matarte por el reportaje que estabas haciendo,* te dijo, *era peligroso pero no tenías miedo.* No, claro que no tenías. La codicia no dejaba lugar para otra cosa.

—¿Tampoco dormiste?

La mujer se sienta junto a ti en las escaleras que dan al jardín. La luz matutina te permite ver su rostro a detalle por primera vez. Hasta ahora te das cuenta de lo joven que es. Poco más de veinte años. Una chiquilla apenas. No puedes creer que sea la misma de la peluca roja y los lentes oscuros que te condujo al kilómetro 30. La misma que encañonó al procurador Mendiola en medio de sus hombres. La que hizo que el hombre de las gafas oscuras bajara su pistola.

—No me dio sueño —la miras con respeto.

—No es para menos. Son tantas cosas. Mataron a Gonzalo y a Alfredo —un rictus apenas perceptible que atraviesa sus ojos, sus párpados están hinchados como signo inequívoco del llanto—. Los muchachos que planearon esto. El asunto de la extorsión y todo lo demás. Eran mis hermanos. Seguro hoy los entierran pero no voy a estar. Así es mejor. Nunca me han gustado los panteones.

—Eres muy joven —te atreves a decir, ella sonríe.

—No tanto como yo quisiera. No de acá ni de acá —sus dedos golpean su frente y el costado izquierdo de su pecho—. Cuando uno comienza la vida haciendo pendejadas el tiempo se va rápido, se vive más deprisa y la vida se acaba, como le pasó a Alfredo y a Gonzalo. Eran menores que yo, ¿sabes? Pero también más viejos, es decir, llevaban muchas más chingaderas en su historia que yo. ¡Vaya! Yo he matado menos gente.

No tienes ganas de hablar del pasado, sobre todo porque el tuyo es muy corto, por lo menos el que consideras verdaderamente tuyo, así que intentas llevar la conversación para otro lado.

—Cuando esto se resuelva ¿qué piensas hacer?

—Largarme a la chingada. Ayer, cuando llegué con la pistola y amagué al procurador en las narices de sus guaruras, me sentía muy chingona. No me puse a pensar que me vieron la cara. Todos saben quién soy yo, es decir, la vieja que secuestró al procurador Mendiola. Aunque esto se acabe no voy a poder andar tranquila por la vida. En ese momento estaba encabronada y qué bueno, porque si no, no me hubiera atrevido. Pero ya viendo las cosas con más calma, si tu amigo el judaca no le vuela la pistola al guarura, a estas alturas seguro estaría muerta.

—No es mi amigo.

—Cualquiera que evite que estés muerto se convierte en tu amigo.

—Entonces es tuyo en todo caso.

—De los dos, digamos que a mí ni me conoce. Si me ayudó fue para asegurarse de que no te mataran. Porque iban a matarte, ¿no es verdad?

Sí, iban a matarte, pero no tienes ganas de decirlo, así que prefieres el silencio. Te cuesta trabajo imaginar al hombre de las gafas oscuras como amigo. Hasta ahora te das cuenta de que te estás jugando el pellejo con dos personas de las que no sabes ni su nombre.

—Me llamo Pablo Gálvez.

—Eso dices, pero el hombre de las gafas oscuras asegura que no es cierto. ¿Es verdad que perdiste la memoria?

—Sí, pero saber lo que pasó es bastante parecido.

—Lo malo es que te pueden decir cualquier cosa de ti mismo y ni siquiera sabrías si algo es cierto o es falso. Está cabrón depender de los demás para saber quién eres.

—No tengo alternativa.

—¡Invéntate! Haz de cuenta que acabas de nacer. Decide quién serás de ahora en adelante —sonríes incrédulo y la muchacha insiste—. Es sencillo, sólo ve muchas películas y lee muchas novelas, y vas escogiendo lo que más te guste de cada personaje y luego haces de cuenta que eres tú. No es muy diferente a lo que estás haciendo. Excepto que tú eliges.

—¿Tú qué clase de películas viste?

—Unas que no eran propias de mi edad, pero para cuando me di cuenta de que estaba en la clasificación equivocada ya era demasiado tarde. El daño estaba hecho. El personaje estaba construido y me había gustado el papel de villana. Ya sabes, *femme fatale*, ya no hay modo de echarse para atrás, sobre todo porque los recuerdos no te dejan. Así que mejor dale gracias a Dios que estás con vida y tienes la oportunidad de comenzar de nuevo.

—Hablas como una anciana.

—Soy más vieja que tú, al menos en recuerdos.

Te quedas en silencio. No tienes argumentos para rebatir. El sol pega de lleno y tú apenas comienzas a sentir el cansancio. Ella se tumba en el sofá para dormirse un rato. Faltan algunas horas para que el hombre de las gafas oscuras regrese con los papeles de la ciudad de México. Deseas que llegue primero que Graciela. Quieres terminar de armar la historia antes de tenerla frente a ti. Saber qué pasó una vez que salieron del penal. *¿Y luego? ¿Quién lo sabe? Puede que inventarse no sea una mala idea.*

XIV

AHORA SÍ LA CAGASTE, *pinche Santos,* le dije en cuanto tuve la oportunidad. Y es que la había cagado. Cuando salimos del Cereso le aconsejé que nos fuéramos a la chingada. *Tú tienes el dinero de la droga, ¿qué no?* A mí me mandaron a cuidarlo, precisamente para que no se le ocurriera irse, lo que quería decir que era mucho el dinero que estaba de por medio. *¡Éste es el momento, pinche Santos! ¡Vámonos a la verga!* Pero me salió con la mamada de que no iba a irse sin darle un escarmiento al periodista.

Yo al principio no quería seguirle el juego. Fue como quien dice una corazonada. Pero terminé cediendo porque al final de cuentas no podía irme sin él, es decir, sin la lana. Total que llegamos al departamento de Gálvez y nos estacionamos en un callejón que está a un lado del edificio. Apagamos las luces del coche y estuvimos un buen rato esperándolo. Cuando llegó andaba a medios chiles. Se bajó de su carro para abrir el portón. Fue allí donde le caímos. Yo lo agarré de espaldas y le puse la pistola en la sien. Hasta la peda se le bajó al muy puto cuando vio a Santos caminando despacito hacia él.

—Fue sólo para ver si le sacaba más información —chilló Gálvez, cagándose de miedo, porque bien que sabía para qué había ido a verlo el comandante.

Total que Santos nomás le dijo que le diera los papeles y el dinero.

—No los tengo aquí —dijo el otro. Y temblaba. De veras que temblaba. De eso me di cuenta porque lo tenía pepenado del pescuezo. Creo que nomás por eso no cayó desmayado.

—Pues vamos donde estén porque a ti no te suelto, hasta que me devuelvas esas madres.

Santos estacionó el coche como para que no se viera sospechoso y nos llevamos a Gálvez en mi carro. El comandante manejaba y hacía las preguntas y a mí me tocaba darle los madrazos.

Total que nos dijo que los papeles estaban en la guantera de su carro, por aquello de que no hay mejor escondite que el que parece evidente, y ahí vamos de regreso. Nos bajamos del carro y Gálvez fue hasta el suyo, en vez de los papeles sacó una pistolita.

—¡No seas pendejo! —le gritó el comandante, pero fue inevitable.

El miedo te hace hacer pendejadas. Gálvez de veras tenía miedo, así que disparó. El balazo le atravesó la panza a Santos. Gálvez era mal tirador. Tenía a Santos a muy buena distancia. Era para que le hubiera partido la cabeza de un tiro. A lo mejor ni para eso tenía güevos. O más bien es que el periodista no había matado nunca a nadie. La primera vez uno lo piensa mucho. La segunda es más fácil. Como todo. Camino recorrido es más sencillo que vuelvas a pisarlo.

Total que Santos tuvo suerte. Si no, de plano no queda vivo. Yo jalé del gatillo porque dije: *a este imbécil, lo mato o me dispara*. La bala se le metió en el pecho. Gálvez y Santos cayeron al mismo tiempo, y yo como pendejo, con dos cuerpos tendidos frente a un edificio en condominio.

Lo bueno es que la gente sabe bien que es mejor no meterse en estas cosas. Ni una sola persona asomó las narices. Lo cierto es que seguro ya habían dado el aviso a la preventiva y la idea era que nadie supiera lo que había pasado.

Total que como pude los metí al coche que me quedaba más cerca. Era el de Pablo Gálvez. El periodista en la cajuela y el comandante en el asiento de atrás. Me fui en chinga. Sabía que los de la preventiva iban a estar buscando a los responsables del tiroteo. Pues ni modo de andar como si nada, con dos heridos metidos en un carro. Lo único que se me ocurrió fue regresar a la cárcel, donde seguro ya estaban esperándonos.

❖ ❖

Mientras manejaba al reclusorio se me ocurrió que a lo mejor la suerte no era de Santos sino mía. Después de todo, Gálvez pudo haberme disparado a mí primero y ahí sí quién sabe lo qué habría pasado. La cercanía de la muerte brincando, al ritmo de los baches, del asiento trasero a la cajuela del coche, hizo que me acordara de mi vida.

Total que se me vino a la cabeza el día que entré a la judicial. Llevaba un rato sin chamba, así que cuando me dieron el pitazo de que estaban reclutando fui a ver qué onda. Ya no daba la edad, pero me encontré con Santos. La neta, fui de lambiscón a decirle al comandante que se acordara que habíamos estudiado en la misma secundaria, allá en el pueblo. *Jugábamos fut en el mismo equipo,* le dije. Cualquier otro cabrón, en el puesto que tenía, te hubiera mandado directito a la verga. Pero Santos era leña. Me ayudó a entrar y me fue jalando a sus negocios.

Verlo moribundo me dio como remordimiento por la chingadera de estar de oreja para el mayor Domínguez. Pero por ese trabajito me pagan el doble que en la policía. Ya ni siquiera le tenía que hacer de distribuidor de coca en la costera y arriesgarme a que me agarraran los de la AFI. Total que la lana que me ofrecía el mayor era segura. Cuando uno tiene hijos que mantener no queda lugar para lealtades.

Además, Santos sí me debía una, aunque no lo supiera. La vez que se iba a armar lo del trato directo de la droga, él quería ir a supervisar en persona. Yo ya sabía que iba a caer el ejército. Ahí lo hubieran matado y con él muerto me hubieran dado a mí la comandancia. Pero uno tiene límites para sus ojetadas. Casi me corto un huevo para convencerlo de que lo mejor era esperar los resultados en la comandancia. Por si acaso, le dije, no vaya ser la de malas.

Le dije que ese día bautizaban a mi hijo menor. La verdad es que no tenía ni pensado bautizarlo, pero cuando me contó cómo iba a estar el asunto no encontré otra manera de zafarme. Le dije que siempre había querido que él fuera su padrino, pero ya no le había dicho nada porque seguro era más importante atender el negocio que el bautizo de un chamaco. Total que lo convencí de que no fuera y hasta compadres somos. Por eso seguía vivo.

Por un momento pensé en llevármelo para otro lado. A él y a Gálvez. Por lo que había entendido el periodista tenía otra parte del dinero, además de los papeles incriminatorios. *¡Ya con eso la armamos!,* me dije. Pero era lo mismo que hacer que nos mataran, porque con dos baleados las posibilidades de escape se limitan. Ya me imagino cruzando las casetas. Y la neta no se trataba de morir a lo pendejo. La única opción seguía siendo volver al reclusorio.

❖ ❖ ❖

Fue una noche de locos. La manera que el mayor propuso para cerrar el asunto. Domínguez y Mendiola se fueron. A mí me tocó lidiar con la sangre, los heridos, el papeleo y las fotos. Conseguí una ambulancia de la Cruz Roja, con un paramédico de confianza, para sacarlos del Cereso. En el camino tuve que atender a Santos y esperar a que Gálvez se muriera. Llevarlo al Semefo. Avisar a la supuesta viuda e impedir que viera el cuerpo para que no se diera cuenta del cambio. Enterrarlo temprano. Lo bueno es que, si uno no se fijaba mucho, tenían la misma pinta: morenos, chinos, zotacos. Y en las condiciones del cadáver nadie se iba a asomar para fijarse en detalles.

Mientras tanto tuve a Roberto escondido en mi casa, o más bien, en una ambulancia de la Cruz Roja estacionada enfrente de mi casa. Le pagué una lana a un paramédico para que me prestara la ambulancia un rato. Me dijo que la había metido como descompuesta y se suponía que iba a estar tres días en el taller. Después le tenía que dar lana para que los mecánicos le dieran una factura para comprobarlo.

Santos estaba mal. Creí que se moría pero aguantó la noche y el viaje al DF, que no fue sino hasta asegurarme de que Gálvez estaba ya enterrado. También, antes de irnos, fui a ver si los papeles que tanto andaban peleando de veras estaban en la guantera del coche.

Hasta eso que el cabrón del Gálvez no era mentiroso. Allí estaban en un sobre amarillo. Los revisé y eran originales, nada de fotocopias. *¡De pendejo le entrego estos papeles al mayor!*, me dije.

Según oí esa noche, a Santos querían dejarlo vivo, hasta que les dijera dónde estaba el dinero. Era mucha lana como para dejar que se perdiera, decía Mendiola, ya después lo mataban. Me encargaron que lo mantuviera vivo. Me dieron harto varo. Me dijeron que en cuanto estuviera instalado les avisara dónde, pero dije: *pendejo, si me dan tanto nomás para que no se muera quiere decir que lo que tiene escondido es muchísimo más.* Decidí esperar a que se curara para que después me pagara la lealtad.

Ya estaba más o menos bien cuando se le ocurrió la mamada de cambiarse la cara para que nadie pudiera reconocerlo. En ese momento yo le había llevado los periódicos en los que salía lo de su muerte y la desaparición de Gálvez. Lo de su muerte en un cuadrito chiquito en los periódicos locales, y lo de Gálvez con foto grande en todos los periódicos, incluso los de la capital, por aquello de que se trataba de un atentado contra la libertad de expresión y esas mamadas.

Es feo ver esas cosas, sobre todo cuando sabes que los supuestos héroes son culeros bien hechos. El asunto es que a Santos como que le entró la envidia. O no sé. Total que dijo que si de veras querían a Pablo Gálvez, iban a tener a Pablo Gálvez. Me mandó a investigar qué doctor era capaz de cambiarle su cara por la del periodista y quedarse callado por una buena lana. Así lo hice, aunque siempre pensé que era una absoluta pendejada.

◆◆◆◆

Se tardaron un chingo, primero porque había un chorro de cosas que no le podían dejar exactamente igual quesque porque los huesos, luego porque ya era mucho tiempo y se les pasó lo de la anestesia. Total que lo sacaron entubado y en estado de coma, todavía sin nariz. Se veía bien cagado.

Así estuvo por un resto de días. Lo volvieron a meter al quirófano para acabarle la cara, pero ya al chingadazo. Yo pagando el hospital con lo que me habían dado. Acabándome la lana con la esperanza de que su gratitud tuviera muchos ceros. Cuando despertó salió con la mamada de que no se acordaba.

¡A mí este cabrón no me va a hacer pendejo!, pensé y me puse a chingarlo con el asunto de que Domínguez y Mendiola sabían en dónde estaba. *Mejor dime a mí dónde quedó la lana y así yo te cubro para que no te maten.* Pero ni así. Necio con que no se acordaba. Se me ocurrió hacerme pendejo. Sugerirle una forma para que se escapara y después nada más seguirlo para que me llevara hasta el dinero.

Cuando se salió del cuarto nomás me asomé por la ventana para ver adónde se metía. Me había asegurado de instalarle el miedo en la cabeza, así que no se iría durante el día. Me ocupé del muerto. Otra vez papeleos. Hasta parece que colecciono actas de defunción del pinche Santos. Me tuvo como una semana pegado al portón del hospital. Cuando ya estaba pensando que se me había escapado lo vi salir vestido con un traje que le quedaba grande. Boina y toda la cosa. Lo vi meterse al metro y me fui directo a la terminal de autobuses de Tasqueña.

¡A güevo!, me dije cuando llegó. *¿No que no, culero? ¿A qué vas de regreso a Acapulco si de verdad no sabes dónde quedó la lana?* No pude resistir la tentación de despedirme,

nomás para ver qué cara me ponía. Se pasmó. Se me quedó mirando, hasta que la distancia se lo hizo imposible. Me arranqué hacia Acapulco. Seguro que iba a casa de su vieja.

Yo tenía previstos más o menos todos sus movimientos. La idea era no perderlo de vista. Pero la pinche periodista resultó más cabrona. Estuve las horas como idiota esperando que salieran del estacionamiento y los méndigos ya se habían ido por otro lado. Total que me dije que así como iba la cosa, era cuestión de tiempo para que buscara a Mendiola. Nunca me imaginé que se aventara la puntada de extorsionarlo, sobre todo porque yo tenía todavía los papeles originales.

Estuve al pendiente de los movimientos del procurador y gracias a los cuates me enteré del chantaje, el día y la hora del asunto. La verdad no entendía para qué quería más lana si tenía todo lo de la venta de la droga. Total que ese día me fui al Pino, y ya estaba pensando que ni modo, que se lo iba a cargar la chingada y no me iba a enterar dónde tenía el dinero, cuando llegó la morra. ¡Qué güevos de vieja!

¡Ésta es mi oportunidad de llevarme al pendejo y aclarar de una buena vez las cosas para tener mi lana!, me dije, y pues que me les pego. El Santos necio con que él era Pablo

Gálvez y la mujer diciéndole Gálvez y esas cosas. Fue cuando dije: *¿Si de pura mamada fuera cierto? Pero nel. ¿Dónde se ha visto que a uno se le borre el casete y de plano no se acuerde de nada?* Total que me dije: *Nada pierdes con seguirles el juego, se reparten la lana que aparezca y se aseguran que Mendiola y Domínguez vayan a dar al bote para que después no vengan a joder.* A ver si no nos sale el tiro por la culata.

◆ ◆ ◆ ◆

Regreso a casa de la morra. La periodista todavía no ha llegado, la chamaca está dormida y Santos me está esperando.

—Aquí están los papeles —le digo.

Como para empezar la plática pregunto por el dinero, me dice de una cuenta de cheques que Santos le dejó y que él a su vez se la dejó a Graciela.

—Ahí está la mamada, pinche Santos, ¿de veras no te acuerdas?

Se me queda mirando como ido y me sale con una mamada de una pantalla negra en la cabeza.

—No me acuerdo de nada —me dice y casi llora.

Está cabrón. El comandante no lloraba por nada. Ni cuando se acordaba de sus muertos. Es como si de veras ya no fuera Santos, sino otro, y pues ya no sé ni qué decirle.

—Yo nomás quiero mi lana y ya no hay bronca —le digo como si eso pudiera tranquilizarlo.

—Cuéntame qué pasó —me pide y yo empiezo a soltar todo lo que sé.

Se va poniendo pálido y después amarillo. Como que no me cree. Pero le digo que así fueron las cosas, y pues a estas alturas, ¿ya como para qué andaría yo de mitotero? No tiene más remedio que creerme.

Todavía nos dio tiempo de tomarnos un whisky antes de que llegara la Graciela Santiago. Lo primero que hace la mujer es sacar de su bolsa los cheques de la cuenta donde, según la carta que había dejado Gálvez, está toda la lana. Santos pone cara de perro desmayado. Se confirma: quedó bien enculado con la vieja.

XV

¿Qué puede hacer *un hombre si la vida que tiene no le gusta? ¿Cambiarla por otra? ¿Qué me diría Graciela si se lo preguntara?* No le preguntes nada. *Me quedo con la imagen de su cuerpo desnudo, apretando la almohada entre las piernas.* Quédate con la imagen que ahora cruza el jardín hasta donde te encuentras.

Te mira. El silencio es la única posibilidad que les queda. Sabes que los recuerdos, el momento que compartió contigo, no te pertenecían.

—Yo no soy Pablo Gálvez —le dices por fin.

—Lo sé.

Sientes ganas de volver a abrazarla y llorar en su hombro, pero te quedas quieto. Otra vez el silencio.

—Aquí está la chequera. Es muchísimo dinero. Fui a investigar la cuenta, por eso me tardé —su tono impersonal hace que quede claro que hizo el amor con Gálvez, no contigo.

Te da una hoja con el estado de cuenta. También pone en tus manos, no sin dudar un poco, una identificación a nombre de Pablo Gálvez.

—A ti te será útil —argumenta.

Tú le entregas los papeles originales que demuestran la alteración del decomiso.

—No saqué nada —aclara—. Está todo completo. La tentación fue fuerte pero prefiero permanecer al margen. Supongo que después de esto tendrás que desaparecer, así que ésta es la última vez que nos vemos.

Ella extiende la mano y tú la estrechas sin decir nada. Sientes el impulso de jalarla hacia ti y no te atreves. Ella suelta tu mano.

—¿Y tú?

—Yo voy a publicar esto en todos los periódicos.

—Puede pasarte lo mismo que... —no sabes cómo formular la frase, te cuesta trabajo decir para otro el nombre que creíste que era tuyo— al otro periodista.

Graciela niega con la cabeza. Sonríe. Dice que tendrá cuidado. Luego le pide al hombre de las gafas oscuras que la lleve con el procurador porque va a entrevistarlo. El hombre la acompaña, la jovencita duda un momento entre acompañarlos o quedarse contigo.

—Vamos a salir en todos los periódicos. Lástima que no estemos mañana aquí para comprarlos —te dice—. Aunque lo mismo da, no creo que ponga nuestros nombres porque no se vale que los villanos se conviertan en héroes.

—¿Por qué no?

—No sé. Así pasa siempre en las películas y la vida se les parece mucho.

La chica va por fin tras los otros para estar presente en la entrevista con Mendiola. Sabes que para ella es la consumación de la venganza, la desacreditación total del procurador, seguro mañana comprará los diarios y recortará las notas para pegarlas en la pared frente a su cama. Hace un poco de frío, metes las manos en las bolsas de los pantalones, descubres los trescientos pesos que quedaban de la herencia de Galarce. Los tipos de la cantina al final decidieron no quitártelos. Siguen envueltos en la copia de tu credencial de elector. Tal como están las cosas esa identidad ya no te pertenece.

Miras las dos imágenes. Tanto Pablo Gálvez como Roberto Santos te parecen ajenos a quien eres ahora. Nada es tuyo excepto ese regalo del viejo. Tienes en la otra mano la chequera. Gálvez dejó cada cheque firmado. Toma uno de los cheques. Para construirse una vida se necesita algo de dinero. Esperas que el hombre de las gafas oscuras y la chica puedan repartir el resto equitativamente. Dejas todo en la mesa de centro.

Sales a la calle. El frío de la mañana te cala. Piensas que lo único que te hace falta en este momento es el saco que dejaste en la casa de Alicia Salgado y quizá un nombre nuevo. Ya tendrás tiempo para escogerte uno. Lo primero que harás en cuanto puedas alejarte de aquí lo más posible será escribirlo todo y enviárselo a don Carlos como le prometiste. Puedes imaginar al viejo profesor de literatura, convertido en huésped permanente del hospital en que te despertaste, dejando su gastado ejemplar de *El sabueso de los Baskerville* de lado para enterarse al fin qué pasó con tu historia. Una historia que después de contarla volverá al olvido, pero esta vez será un olvido voluntario. ◈

36 toneladas de Iris García Cuevas
se terminó de imprimir en enero de 2011
en World Color Querétaro, S.A. de C.V.
lote 37, fraccionamiento Agro-Industrial La Cruz
Villa El Marqués, QT-76240

❖

Yeana González, coordinación editorial;
Geney Beltrán Félix, edición;
Alejandro Albarrán y Ave Barrera, cuidado de edición;
Antonio Colin, formación